JN287206
ヤンデレ母娘に
愛されすぎて！
ほんじょう山羊
illustration◎神無月ねむ
えすかれ
美少女文庫
FRANCE SHOIN

序章　再会　ずっと好きだった家族

「……知樹《ともき》君」

水島《みずしま》知樹が旅行用のキャリーバッグを引き摺りながら駅の改札をくぐると、鈴の音のような美しい声がかけられた。

「え？　ア……」

声が聞こえた方へと視線を向け、知樹は硬直する。

そこには、ずっと——五年前からずっと知樹が会いたくて会いたくて仕方がなかった三人の女性の姿があった。

「朱音《あかね》さん……」

「久しぶりね……。ふふ、逞しくなったわ」

三人のうちの一人、市ノ瀬《いちのせ》朱音の美しい切れ長の瞳が向けられる。艶やかな唇に優しい笑みが浮かんだ。わずかに青みがかった髪をアップでまとめ、濃くなく、薄くもないナチュラルメイクが施された顔立ちは女優のように整っている。確か今年で年齢は三十九歳になるはずだけれど、どこからどう見ても二十代後半くらいにしか見えなかった。

身に着けているのは足首まで隠れるワンピース。その上に薄手のカーディガンを羽織っている。覗き見える白い首筋が、大人の色香を感じさせた。けれどその首筋以上に視線を惹きつけたのは、その胸元だ。今にもワンピースが千切れてしまうのではないかと錯覚するくらいに、大きく膨らんでいる。深い谷間が覗き見え、ゴクリッと思わず息を呑んだ。

「おにぃちゃんずっと会いたかったの！」

小柄な少女が笑みを浮かべながら、ギュウウッと抱きついてくる。ピョンッといった感じで、少女の茶色がかったポニーテールが揺れた。

胸元に抱きつきながら、エヘヘッと少し照れながら顔を上げ、クリクリッとした瞳でこちらを見つめてくる。顔立ちはどこかあどけなく、幼さを感じさせた。それも仕方ない。この少女――市ノ瀬楓《かえで》は知樹よりも年下なのだ。今年の春からは『私立庭箱《にわばこ》学園中等部二年生』になるはずである。身に着けている服も学校制服だった。スカートから見える足がちょっと艶めかしい。

ただ、幼い顔立ちとは裏腹に、抱きつくと同時に押しつけられた胸元は——まるで巨大なマシュマロでも詰めているのではないかと思えるくらいに、とても柔らかかった。母親ほどではないけれど、同年代の少女たちと比べて明らかに乳房は大きい。制服の胸元に何本も皺が寄るのが見えた。

「ちょ、か——楓ちゃん……」

弾力性のある感触に、身体が硬直してしまう。

「何をやってるんだ楓！　知樹が迷惑がっているだろ」

そんな楓の首筋を朱音の娘であり、楓の姉——そして知樹とは同い年で幼なじみである市ノ瀬歩美《あゆみ》がつかみ、知樹から引きはがす。

「もう～、何をするのおねぇちゃん！　ひどいの。かえで……ずっとこの日を楽しみにしてたのに！」

「それはボクも同じだ！」

妹に対し、凛とした声で歩美は怒り——

「あっ」

正気に戻ったように声を上げると、顔を真っ赤にした。

「……って、な、何を言わすんだ。その……、知樹が迷惑がっているだろ？」

「迷惑ってそんなことないよねおにぃちゃん」

くりくりした瞳を潤ませながら、見つめてくる。

「え……あ、うん。そ、そんなことないよ……」

反射的に頷かざるを得ない。

「別に気を遣わなくてもいいぞ。まったく……そういうことはもう少し我慢しろって言っただろ!!」

ぷりぷりと歩美は怒る。

「そうよ楓」

メッと母親も娘を叱った。

「……むむ……ママもそう言うなら。は〜い」

プクッと頬を膨らませながらも、母と姉の言葉に妹は従う。その姿に可愛らしさを覚えつつ、

(もう少し?)

歩美の言葉に首を傾げた。一体どういう意味だろうか?

なんて疑問は——

「それじゃあ改めて……ひ、久しぶりだな知樹。五年ぶりか……」

どこか恥ずかしそうな表情を浮かべる幼なじみを前に、一瞬で消え去ってしまった。

赤味がかったショートカットの、一見しただけだと男の子にも間違えてしまいそう

なボーイッシュな幼なじみ。まっすぐ通った鼻筋に、猫を思わせるような少し吊り上がり気味の瞳のバランスが実に整っている。強い意志の光を宿す瞳に、吸いこまれてしまいそうだった。染み一つない白い肌は、思わず見とれるほどに美しい。

服装は楓と同じく学校制服。ただ、意匠が多少異なっている。多分これは『私立庭箱学園高等部』の制服だからだろう。その胸元は母や妹に比べると多少劣るものの、やはり同年代の少女たちに比べれば明らかに大きかった。それでいて腰は触れれば折れてしまうのではないかと思うくらいにキュッと引き締まっている。スカートからすらりと伸びる足は、まるでモデルのようにしなやかだった。

顔立ち、身体付き——すべてが作り上げられた彫像のようだった。思わずポカンと口を開き、呆然と立ち尽くしてしまう。

「ど、どうした……。何か言ってくれないのか？」

こちらの反応に、歩美は戸惑うような反応を見せた。

「あ、ご、ごめん……。その、ひ……久しぶり……」

絞り出すように挨拶しつつ、

（歩美……本当に綺麗になった……。そうだよね。あれから……あれから五年も過ぎたんだから……）

昔のことを思い出す。

＊

——五年前。

「本当に行っちゃうんだね」

知樹は市ノ瀬家から家財道具が運び出され、トラックに積みこまれていくのを見つめながら呆然と呟いた。

「……ああ。今日でお別れだ」

知樹の言葉に、悲しそうな表情を浮かべて歩美が頷く。

「やだよ。かえで……かえでおにぃちゃんとお別れしたくないの」

小さな楓は知樹の腰に抱きつき、ワンワンと泣きじゃくっていた。ギュッと腰に回される手の力強さが、どれだけこの別れをつらく思っているのかを雄弁に物語る。

はっきり言うと、知樹だって同じ思いだった。

(別れたくない。みんなと離ればなれなんてイヤだ……)

知樹と市ノ瀬家の母娘との関係は、物心つく前までに遡《さかのぼ》る。知樹の母と朱音が学生時代からの親友だった上、家が隣同士ということから、家族ぐるみの付き合いだった。しかも、朱音の夫である歩美や楓の父は亡くなっており、朱音が仕事——学校で日本史の授業を教えている——をしている間、姉妹はいつも知樹の家にいたのである。本物の家族と言ってもいいくらい、常に一緒にいた。

朱音の仕事が休みの日は、市ノ瀬家のみんなと一緒によくあちこちに遊びに出かけたものである。

歩美たちとの楽しい思い出は、枚挙にいとまがないほどだった。

そんなみんなと別れたいはずがない。家族みたいなみんなとお別れなんて絶対にイヤだった。

でも、子供がイヤだと言ったところでどうしようもない。

「……仕方ないんだ楓……。これは仕方がないことだって……みんなで話しただろ」

そう、歩美が言うとおり、これは仕方がない——子供にはどうすることもできないことだった。

「わかってる。かえでだってわかってるの。だけど……でも、イヤなの……かえで……おにぃちゃんとずっと一緒にいたいのぉ」

顔をぐしゃぐしゃにしながら楓が泣く。泣き顔を見ていると、なんだか知樹の心までズキズキと痛んだ。

「そんなに泣くな楓……。お前がそんなに泣いたら……ボクまで……。ボクまで悲しくなるじゃないか……。だから頼む。泣かないでくれ……」

普段あまり人に弱いところをほとんど見せない歩美まで、妹に引き摺られるように悲しげな表情を浮かべ、瞳を潤ませると、ポロポロ涙を零し始める。その姿に知樹も耐えられなくなってしまい――。

　三人で見つめ合いながら、ひたすら泣いた。

「……ごめんなさい知樹君。あなたに悲しい思いをさせちゃって。本当にごめんなさい。ごめんね……。ごめん……知樹君」

　そこに引っ越し作業を終えた朱音がやって来る。娘たち同様につらそうな表情を浮かべながら、優しく頭を撫でてくれた。こんな状況だというのに、手のひらの温かな感触がなんだかとても心地よかった。

「もう……どうしようもないんですよね？　もう、歩美や、楓ちゃんや……朱音さんと会うことはできないんですか？」

　撫でられながら、困らせてしまうことを理解しつつも問わずにはいられない。ジッと上目遣いで見つめると、それに応えるように朱音はしゃがみこみ、強く知樹の身体を抱きしめてくれた。

「元気でいてね知樹君」

　それが朱音からの答え――わかってはいたけれど、胸に深く突き刺さり、痛い。結局これに対し、知樹は何も言うことができなかった。

　それからだいたい二時間ほどが過ぎ――完全に引っ越し作業が完了する。その間、知樹は歩美や楓と共にずっと自分の部屋で過ごしていたけれど、結局一言も彼女たちと会話することができなかった。

「そろそろだな……」

窓の外、荷物を詰めこみ終わったトラックを見つめて歩美が呟く。

そろそろ――という言葉に、知樹は自分の身体が硬くなるのを感じた。

「……楓を起こさないと」

泣き疲れ、眠っている妹を歩美は起こそうとする。

(お別れ……これでもう……歩美たちとはもう二度と会えない……)

その姿に、知樹は恐怖すら覚えた。

ずっと一緒に過ごしてきた家族――大事で、大好きな人たちとの別れ……。

イヤだった、受け入れられるはずなんかなかった。別れたくない。離ればなれになんかなりたくなかった。

(このまま二度と会えないなんて絶対にイヤだ)

知樹は小さな拳を握りしめ、大きく息を吸う。

「歩美!!」

瞳に強い決意の色を含んだ意志の光を灯すと、知樹は幼なじみの名を呼び、背後から抱きしめた。

「と、知樹!?」

驚きに歩美は瞳を見開く。

「いきなりなんだ？　どど、どうした？」

わけがわからないといった様子で動揺する。

そんな彼女を振り向かせると、知樹は彼女の唇にキスをした。

「――とも……き……？」

まだまだ子供であり、キスの仕方なんかわからない。ただ唇に唇を重ねるだけのキス。それでも、柔らかな口唇の感触はとても心地よかった。

呆然と歩美はこちらを見つめてくる。この瞳をまっすぐ見つめ返すと、

「い、いきなりごめん。だけど……好きだ。僕は歩美のことが好きなんだ！」

嘘偽りのない自分の気持ちを告げた。

「す、好きって……なんで……」

「なんでも何もない。好きなものは好きなんだ。ずっと、ずっと好きだった」

自分はまだまだ子供だけれど、この気持ちには一点の曇りもない。

「ず、ずっとって……。でも、そんな……なんでいきなりそんなこと……き、今日で、今日でお別れなのに……」

「違う！　お別れなんかじゃない!!」

顔を真っ赤にし、視線を泳がせる。歩美は目に見えて動揺していた。

「別れじゃない？　何を言って？」

「だから……お別れになんかしない！　僕は、僕は絶対歩美たちに会いに行く。必ずまた再会できるように頑張る。だから……だから……その、今日の答えは、その時間かせて。約束だ」

小指を立ててみせる。

「やく……そく……？」

呆然と指を見つめてきた。

「………ああ。そうだな。約束だ」

しばらくして、歩美は肩の力を抜き、フフッと大人びたような笑みを浮かべると、こちらの小指に小指を絡めてきた。

「必ず会いに行きます。必ずです」

その後、歩美だけでなく、朱音や楓にも同じように気持ちを伝えた。

「……待ってるの……。ずっとずっとかえで……おにぃちゃんを待ってるからね」

泣きながら、それでも嬉しそうに楓は笑った。

「そう……」

反面、朱音は複雑そうな表情を浮かべる。てっきり喜んでくれるものとばかり思っていた知樹は、この反応に多少動揺した。

「……そうね。そうなったら……。か……ごを……しかないわね」

上手く聞き取れなかったけれど、何かをぼそぼそと呟く。

「あ、朱音さん?」

戸惑い、小首を傾げる。

すると朱音はジッとこちらを見つめた後、優しく微笑んでくれた。

「……わかったわ。うん。知樹君の気持ちはわかった……。だから、待ってるわね。あなたが来るのを私は待ってるわ」

そう言って朱音はまたギュッと知樹を抱きしめてくれた。

*

それから、知樹は必死に頑張った。

朱音が勤務し、歩美や楓が通う小中高一貫校である『私立庭箱学園』に入学するため、必死に勉強を続けた。庭箱学園と言えば全国でも有数の進学校であり、正直知樹の成績ではかなり厳しく、事実中学受験では失敗もしてしまった。

それでも知樹は諦めなかった。

(約束を守る。もう一度みんなと……歩美たちと一緒に……)

そのためだったら他のなんでも捨てられる。素直にそう思った。

「なぁ知樹、みんなでカラオケ行くんだけど一緒に行かないか？」

同級生の北村《きたむら》が誘ってきても、

「いや、悪いけど行けない。僕には歩美たちが待ってるからね！」

ドヤアッと胸を張って断る。

「僕は歩美とキスしたんだ。だから歩美たちとの約束を守らないといけないんだ！」

「キスしたって……ど、堂々と……くしょ～！　り、リア充は爆発しろぉ!!」

「あらら、北村泣いちゃった。ふふ、でもホント水島くん頑張るよね。つらくない？」

同じく同級生の久住志保《くずみしほ》の言葉に、知樹は「つらいはずなんかないよ」と答える。

だって歩美たちと再会するためなんだから。だからどんなことだって頑張れる。

「そんなに頑張ってくれる幼なじみがいる市ノ瀬さんが羨ましいな。ホント、頑張りなさいよね」

「もちろん！」

みんなが遊んでいる間も一人勉強をする。それはつらかったけど、それ以上に歩美との約束を守りたいという想いの方が大きかった。

そして、そのおかげで庭箱学園に合格することができたのである。

合格後、両親に伝えるよりも先に市ノ瀬家にこれを伝えた。

『本当に？　本当にウチの学園に？』

「……はい。僕は、僕は約束を守りました」

『…………』

一瞬間が空く。

「朱音さん？」

『ご、ごめんなさいね。ちょっとその……嬉しくて……』

思わず問い返すと、すぐに返事が返ってきた。その声が少し涙ぐんでいるように聞こえたのは多分気のせいではなかったと思う。

それほど自分のことで朱音が喜んでくれたのだと思うと、すべてが報われるような気がした。

『おめでとう、知樹』

『嬉しいのおにぃちゃん♪』

電話口で歩美と楓も祝福してくれる。二人の声もなんだか震えていた。

この時の幸福は、多分一生忘れることができないと思う。

その上――

『ねえ、こっちに来るなら……私たちの家に下宿しない？』

なんてことまで提案された。

「で、でも……それはさすがにまずいんじゃ？」

いくらなんでも母娘三人暮らしのところに、年頃の男子が飛びこむのは色々問題がある気がしたのだが、

『そんなことないわ。知樹君は家族みたいなものですもの。こっちに来るなら、一緒にいて欲しいわ。大丈夫、あなたのお母さんには私から話しておくから』

というわけで押しきられてしまった。

（みんなと暮らす。僕が……歩美たちと……）

この時、知樹の脳裏に浮かんだのは別れの日、歩美と交わした口付けだった。

＊

「ふふ、夕飯は肉じゃがでいいかしら？」

市ノ瀬家のリビングにて、微笑みながら朱音が今日の夕飯のメニューを尋ねてくる。

「ええ〜、肉じゃが？　今日はお祝いなのに？」

不満そうに楓が声を上げた。

「今日からおにぃちゃんと一緒に暮らすんだよ？　今日は、特別な日なの！　なのに肉じゃがって普通すぎるの」

ポニーテールを揺らしながら、プクッと頬を膨らます。

「そんなに気を遣わなくていいよ楓ちゃん。普通でいいからさ」

その姿に可愛らしさを覚えつつ、あやすように優しく頭を撫でてあげた。

「も〜、おにぃちゃん！　そんなにかえでを子供扱いしちゃ駄目なの！」

「ごめんごめん」

プンプンッと怒る楓は完全に年相応——胸は大人の女性と遜色ないどころか大きいけれど——下手すれば実年齢よりも幼く見えた。

「子供を子供扱いして何が悪いんだ。知樹も気を遣う必要はないぞ」

楽しげに歩美が笑う。

「む〜、おねぇちゃんまでかえでを子供扱いして〜！」

「子供扱いも何も、楓は子供だろ。母さんが夕飯に肉じゃがを選んだ意味もわからないようじゃな」

「そ、それってどういう意味？」

「どうって……決まってるだろ。肉じゃがは知樹の大好物だからだ。な、そうだろ？」

「……あ、気付いてたんだ……」

確かに知樹は肉じゃがが好きだ。でも、そのことを実際口に出したことはない。好物はなんですかと聞かれても、肉じゃがと答えることはなかった。理由は単純、あまりに当たり前の料理だからである。

ごく普通のおかず——なのに率先して手を出してしまう。それがないと物足りなさを感じさせる料理、それが知樹にとっての肉じゃがだった。

そのことに朱音や歩美は気付いていていたらしい。なんだか胸がじーんと熱くなっていくのを感じた。

「当たり前だろ。キミは小さい頃から本当に美味しそうに肉じゃがを食べていたから
な。気付かない方がおかしい。まぁどっかの誰かさんは子供だから気付いていなかっ
たみたいだけどな」

「う、うう……。かえでのま、負けなの……」

ガクリッと楓は肩を落とす。

「ごめんなさいなのおにぃちゃん。おにぃちゃんの好物知らなくてごめんなの」

そのままなんだか泣き出しそうな表情を楓は浮かべる。

「謝る必要なんかないよ。楓ちゃんが僕のことを想ってくれていたのはわかってるか
らさ」

慰めるようにまた頭を撫でてあげる。

「えへへ、ありがとうおにぃちゃん♪」

すると楓は花のような笑みを浮かべた。

「ぐ、ぐぬぬぬ……」

これに対し、なぜか歩美が悔しそうな表情を浮かべる。

「も～、二人だけで知樹君と楽しんでずるいわよ。私だってお話したいのに～」

「母さんには料理っていう仕事があるからな。その間知樹の相手はボクたちがしてるから安心してくれ」

「そうなの、ママはおにぃちゃんのためにしっかり肉じゃが作ってなの」

楽しそうに姉妹たちは笑う。

「なんだか悪いなぁ……。その、手伝いますよ」

さすがにただ料理を作ってもらうだけというのは忍びなく、立ち上がる。

「あら、知樹君が手伝ってくれるの？　ふふ、嬉しいわ」

そう言って朱音が微笑みを向けてくる。その表情がなんだかとても美しく、艶やかで、一瞬知樹は見惚れてしまった。

「あら、どうかした？」

「え、あ……な、なんでもないです。えっと、僕は何をすればいいですか」

「えっと、それじゃあ……」

「――って、母さんだけ知樹と話をするなんてずるいぞ！」

「おにぃちゃんがするなら、かえでも手伝いするの！」

「あら……別にいいわよ。あなたたち料理なんかできないでしょ？　だから二人はリビングで待っててていいわよ」

先ほどの仕返しとばかりに、母は娘たちに意地悪を言う。

「むっく、くくぅうう」

「むむむ」

悔しげに姉妹は押し黙る。どうやら本当に料理はできないらしい。

「ふふ、知樹君はやっぱり料理が上手い女の子の方がいいかしら?」

娘たちの様子を見つめつつ、知樹へと質問を向けてくる。

「え、ああ……。そうですね……。う〜ん、その……、やっぱりできるに越したことはないかなぁ〜って」

これに正直に答えると――

「かかか、母さん! ボクに、ボクに料理を教えてくれ!」

「かえでもなの!! かえでもお料理したくなってきたの」

すぐさま姉妹が反応する。

「あらあら、駄目よ。ウチの料理はお母さんの専売特許なんだから。だ・か・ら、二人はリビングで休んでなさい。私と知樹君で美味しいものを用意してあげますからね。ほらほら、料理できない人は邪魔だからあっちに行きなさい」

シッシッと手を振る。

「むむむ」

歩美は悔しげに奥歯を嚙む。

「何がむむよ。しっかり料理勉強してこなかったあなたたちの負け～！」

娘たちをからかう朱音の姿は実年齢さんじゅ――

「私は二十九よ」

完全に心を読まれた。ギロッと睨まれる。凄まじい殺気だ。

「あ、そうですね……」

に、二十九歳には見えないくらい、若々しく、可愛らしかった。

（やっぱりここに来てよかった）

こんなやりとりが楽しい。

昔に戻ったみたいで、本当に嬉しくなる。

（頑張ってよかった。僕は……僕は幸せだ……）

この夜、みんなで食べた肉じゃがは、今まで食べたどんなものよりも美味しかった。

＊

「ちょっといいか？」

歩美に呼び出しを受けたのは、市ノ瀬家にて風呂を借りた後のことだった。みんなと同じ風呂に入ることにドキドキしたのは内緒である。

「少し話がしたい」

歩美の顔は、なんだか緊張しているようにも見えた。この表情に知樹もわずかに身を堅くしつつ「わかった」と彼女に従う。一瞬他のみんなに見られていないだろうかと思ったが、朱音は現在風呂に入っており、この場にいない。楓はというと、やはりまだまだ子供らしく、もう就寝していた。

二人で市ノ瀬家の中庭に出る。住宅街の中の一軒家であり、それほど広い庭ではない。天気がいいけれどそれほど星を見ることもできなかった。

「ロマンチックな場所とは言いがたいな」

「そうだね」

なんてことを呟きながら、二人で縁側に腰をかける。まだ春先であり、さすがに少し肌寒い。けれど、そんな寒さを感じないくらい、ドキドキしてしまっている。

「それでその……は、話って何？」

しばらく二人で星が一つか二つくらいしか見えない空を見つめながら、胸を高鳴らせた後、知樹は小さく息を吸い、思いきって歩美に問いかけた。

「……予想はついてるだろ？」

明確な答えは返してくれない。が、この言葉が知樹にとっては答えのようなものだった。

「……その……ご、五年前の約束のこと？」

「ふふ……まあ、そういうことだな……」

少し口元に微笑みを浮かべつつ、ジッと歩美はこちらを見つめてくる。切れ長の瞳が、どこか潤んでいるように見えた。わずかな星明かりを反射してキラキラ光る。なんだかとても大人っぽく見えた。

見つめ合っているだけで、爆発しそうなくらい心臓が脈動する。ゴクリッと思わず息を呑んだ。もしかしてこの音が聞こえてしまうのではないかと思うくらい、響いてしまったような気がする。

「そそ……それで、その……こ、答えは？」

この状況に耐えられそうになく、思わず促してしまう。

「せっかちな男は嫌われるぞ」

すると少し歩美は気分を害したようにムスッとした表情を浮かべた。

「ごご、ごめん。別にそんなつも――」

クチュッと唇を押し当てられたのは、この瞬間のことだった。柔らかな唇の感触が伝わってくる。唐突な出来事に、思わず知樹は瞳を見開いた。が、それも一瞬であり、すぐさま瞳を閉じる。温かい口唇の感触を、存分に味わった。

「どうだ……驚いただろ？」

しばらくして、歩美が唇を離す。悪戯猫みたいな顔で、こちらを見つめてきた。

「あ……う、うん……」

これに対し、コクコクと情けなく頷くことしかできない。

「まぁ五年前のお返しって奴だ。あの時……本当にボクは驚いたんだぞ」

「ご、ごめん」

確かにこれは驚く。

反射的に謝った。

「別に謝る必要なんかないさ……。で、だ……本題に入るけど、今のキスがボクの答えだ。その……満足してもらえたか？」

そう言って歩美はもじもじし始める。

「その……ま、まだ、ボクのことを好きでいてくれたか？　もし、もうボクのことを好きじゃなくなってたのなら……わ、忘れてくれていい」

なんだかキスをする前よりも、緊張しているように見えた。突然キスをするなんて大胆な行動を取りながら、こうして不安そうな表情を見せてくる。その姿が、なんだかこれまで以上に可愛らしく見えた。

「好きじゃなくなるなんて……そんなこと……そんなことあるわけないよ！」

気持ちを抑えられない。

知樹はギュウッと歩美の身体を力強く抱きしめた。

「大好き。大好きだよ歩美」

「知樹……。ぼ、ボクもだ。ボクも知樹のことが好きだ」

今度ははっきりと気持ちを口にしてくれる。

「歩美……」

「……知樹」

抱き合い、見つめ合いながら互いの気持ちを告白し――

「んっんんんん」

「んふぅ」

二人はもう一度、口付けを交わした。

第一章　美母　優しくエッチしてあげる

（しちゃったんだ……。僕……歩美とキスを……）

気持ちを伝え合った後――市ノ瀬家にて用意された自室に戻った知樹は、ベッドの上に寝転がり自分の唇に指をそっと添えながら歩美とのキスを思い出す。

（唇……柔らかかったな。それに、すごく熱かった……）

五年前と同じ――いや、それ以上に唇の感触は心地よかった。

（恋人……僕……歩美と恋人同士になったってことでいいんだよね）

まるで夢でも見ているかのような幸福感を覚える。考えるだけで胸が、身体が、心が熱くなっていくのを感じた。

「やった。僕……僕……歩美と。歩美と恋人同士になったんだ！」

呟きながらグッと拳を握り締める。

「歩美……歩美っ！」

愛おしい恋人の名を呟き、ギュウッと毛布を抱きしめた。

歩美のことを考えるだけで胸が高鳴る。彼女とのこれからの生活を想像するだけで、心が躍った。

歩美と一緒に学校へ行く。歩美と二人で腕を組み、街を歩く。歩美と共に食事をし、歩美と並んで買い物を――。

（って、そうだ。買い物。明日は買い物なんだ……）

そこで知樹は明日の予定を思い出した。

明日の朝は早い。寝坊するわけにはいかなかった。たとえ予定がなかったとしても、下宿二日目から誰かに起こされるというのもあまりよくない。

（とりあえず今日はもう寝よう）

妄想を中断し、部屋の電気を消すと、

「おやすみ歩美」

ポツッと呟き、瞳を閉じた。

が――

（駄目だ。寝れない）

瞳を閉じてもさっぱり眠ることができない。それどころか目を閉じると脳裏には歩美とのキスが蘇ってきて、より目が冴えてきてしまう。

忘れることができないキスの感触。アレを思い出すだけで身体が熱くなっていくのを感じた。特に下半身が疼いてしまう。

口付けの感触を反芻《はんすう》するだけで、股間が硬く、熱くたぎっていくのがわかった。

（何考えてるんだよ。明日は早いんだから、寝ないと。変なこと考えちゃ駄目だ。し、鎮まれ鎮まれ……）

必死に心の中で自分自身に言い聞かせる。とはいえ、火照り出した身体をこの程度で収められるはずがなかった。

自然と布団の中でもぞもぞと腰を前後に振ってしまう。

（これ、駄目だ。一回射精《だ》してすっきりするしかない）

限界だった。このままじゃ眠れそうにない。

（仕方ないよね。僕だって男なわけだし!!）

むくっとベッドから身を起こすと、ズボンを脱いだ。ビヨンッと勃起したペニスが飛び出す。ヒクヒクと戦慄くギンギンに硬くなった肉棒。下宿初日だというのにこんなに興奮してしまう自分が情けないけれど、それでも勃起しちゃう。男の子だもん！

どうしようもない男の子生理をすっきりさせるため、ベッド上で座ると肉竿に手を添えて自慰を開始した。

(歩美……歩美……)

恋人のことを想像せずにはいられない。歩美との口付けを思い出し、歩美の裸を想像し、歩美とセックスする自分を妄想しながら、シュコシュコとペニスを扱《しご》いた。

いや、歩美だけじゃない。

脳内には朱音や、楓の姿も思い浮かんでくる。

夕食前に押しつけられた楓の胸の感触や、チラッと覗き見えた朱音の胸の谷間を想像し、はぁはぁと荒い息を漏らした。

(歩美……朱音さん……楓ちゃん。ごめん歩美!)

歩美以外の二人のことまで考えてしまう事実に罪悪感を覚えつつも、一度火がついてしまった思春期男子の妄想は止まらない。三人にキスをし、三人の胸を揉み、三人とセックスすることを考えながら、ひたすら自慰に意識を集中させていった。

刹那――

「知樹君……まだ起きてる?」

ガチャリッとドアが開く。

「――へ?」

思わず顔を上げると、そこにはゆったりとしたカーディガンを寝間着の上に羽織った朱音が立っていた。

「と……知樹……く……ん……」

切れ長の瞳が見開かれる。

「あ、あか……あかか……あか……ね……さん？」

血の気が引いていく。

勃起ペニスを握ったまま、知樹は完全に硬直した。

「わ、わわわ！　わぁあああっ！」

が、すぐに理性が戻ってくる。悲鳴を上げると慌てて布団を頭からかぶり、ベッドの中に潜りこんだ。

「ご、ごごご、ごめんなさいっ！」

必死に謝罪する。

これに応えるように、ガチャンッと朱音は無言でドアを閉めた。

（お、終わった。完全に終わった……。下宿一日目にして、もう……終わっちゃった……）

歩美とキスをした幸福感は一瞬で吹き飛んでしまう。代わりに心の中を支配したのは、圧倒的な絶望感だった。

「……最低だ」

あまりに自分が情けなく、布団の中で自嘲するように呟く。

「最低なんかじゃないわ」

「――へ？」

するとそれに答えるような声が返ってきた。

「……あ、朱音さん？」

慌てて布団から顔を出すと、ドアを閉めて出ていったはずの朱音が、なぜかベッド際に立っていた。

「ど、どうして……って、ていうか、その……こ、これは……」

とにかくまずは言い訳しなければならない。だけどなんと言えばいいのだろう？

混乱した思考が渦を巻き、まともな言葉を発することができない。

（ああ、どうしよう）

焦りばかりが募っていく。

「……そんなに焦らなくてもいいわよ。何も言わなくても私はわかってるから」

すると優しく頭を撫でられた。ふわっとして、どこか柔らかな手のひらの感触が伝わってくる。なんだかとても心地いい。撫でられているだけで、焦りなんかすべて吹き飛んでしまいそうなくらいに心は安らいだ。

「あ、あの……」

とはいえ、何か言わなければまずい。そう思って口を開くのだが、こちらの言葉を遮るように、唇にそっと朱音が人差し指を添えてきた。

「何も言わなくていいって言ったでしょ。その……ごめんなさいね」

申し訳なさそうに、謝罪の言葉を向けてくる。

「ご、ごめんなさいって……その、謝らなくちゃいけないのは僕の方で……」

「そんなことないわ。謝るのは私のほう。男の子の部屋にノックもせずにはいるなんて、デリカシーがなさすぎたわね。歩美や楓にしてるのと同じようにしちゃったわ。本当にごめんなさい」

謝ってくる朱音――なんだか胸が痛む。

「あ、謝らないでください。朱音さんが悪いことなんて一つもないんですから！　その……朱音さんにそんな顔されると僕がつらいです」

だから本心からの言葉を告げると、

「そっか……。ふふ、優しいのね」

にっこりと微笑んでくれた。

可愛らしく、とても綺麗で、そしてどことなく妖艶な笑み――。

歩美という恋人がいるのに、ドキッと胸が高鳴ってしまう。顔が赤くなっていくのを感じ、うつむいた。布団の中で剝き出しのままの股間が熱くなっていくのを感じる。

「ほ、本当にごめんなさい……」

そんな自分が情けなくて、気がつけばまたも謝罪の言葉を口にしていた。

「だから、謝らなくてもいいって言ってるでしょ。その……そういうのは男の子だったら普通のことなんだから。だから気にしちゃ駄目よ」

「は、はい……」

優しい言葉に頷きはするものの、自分のすけべっぷりが情けなくて仕方がない。

「…………」

室内に沈黙が広がる。

（軽蔑されたよね……。当たり前だよ）

朱音に嫌われる——考えるだけで胸が痛い。

「……ねえ」

ポツリッと朱音が口を開いたのは、その時のことだった。

「は、はい……」

「その……もしよかったらだけど、その……手伝ってあげましょうか？」

「——え？　て、手伝う？　な、何をですか？」

言葉の意味がわからず、小首を傾げる。

「なにって……決まってるでしょ」

すると朱音はギシッとベッドに腰掛けてきた。そのまま手を伸ばし、布団の上から知樹の股間部に手を添えてくる。

「――ふえっ!?」

唐突すぎる出来事に、ビクリッと電流でも流されたみたいに全身が震えた。いや、身体だけじゃない。布団の中で勃起した肉棒も、跳ねるように反応してしまう。

「ふふ、すごい反応ね。ビクビク動いてる」

この反応を感じ取ったのか、嬉しそうに朱音は笑った。

「え、あ、な……え？　ど、どう、どうして？」

訳がわからない。なんでこんなことを？　理解できない。

「……どうしてって、お詫びよ。男の子って……すっきりさせないといられないでしょ？　なのに私が邪魔しちゃったから」

「だ、だけど……こ、こんなこと……」

心臓が爆発しそうなくらい激しく脈動する。

「私じゃイヤ？」

小首を傾げ、上目遣いを向けてくる。どこか愁いを含んだような切れ長の瞳と目が合う。その視線がさらに、知樹を昂ぶらせる。

しかも、視線だけじゃない。この時、こちらを覗きこむようにわずかに前屈みとなったため、チラッと寝間着の間から胸の谷間が覗き見えてもいた。

（う、うぁ……す、すごい……）

頭がクラクラする。鼻血が出そうなくらいの興奮を覚えた。

「い、いや……イヤなんてことありません」

こんな美しい人の申し出がイヤな男なんて多分この世にはいないだろう。

見つめられながら、布団の上からだけれどペニスに手を添えられる——これだけでも射精してしまいそうなくらいだった。

「で、でも……だ、駄目ですよ……」

けれども受け入れることはできない。

必死に理性を振り絞り、わき上がろうとする本能を抑えこんだ。

「どうして？　こんなに知樹君のここは硬くなってるわよ」

キュッと少しだけ添えた手に力を入れてくる。

「んっく——はぁっ……」

思わず腰を震わせ、熱い吐息を漏らしてしまう。

「そ、それはそうですよ。あ、朱音さんみたいな綺麗な人を前にして、が、我慢なんかできません……」

「ふふ、ありがとう。でも、じゃあどうして駄目なの？」

「どうしてってその……。ぼ、僕は……」

脳裏に歩美の姿が思い浮かぶ。彼女を裏切ることなんて――

「もしかして歩美のことを気にしてるの?」

「――え?　なんで?」

「それくらいわかるわよ。知樹君――歩美のことが好きなんでしょ?」

「……は、はい」

こうなった以上、否定には意味がない。素直にうなずいた。

「そう……。でも、それだったら気にする必要はないわ」

「気にする必要はない?　なぜですか?」

「簡単なことよ。これはあくまでも私からのお詫び。性処理の一環でしかないんだから。だからね……歩美に遠慮する必要なんかないの」

詭弁でしかない。誤魔化しだ――ということは心のどこかではわかっているのだけれど、優しく諭すような言葉を聞いていると、それもそうかもしれない……という気分になってくる。

「それとも、私じゃイヤ?　私のことは嫌い?　おばさんはイヤ?」

少しだけ悲しそうな顔つきになる。

「そ、そんなことありません!　あ、朱音さんが嫌いだなんて!　そんなことない。す、好きです!!　僕は朱音さんのことが大好きです!　それに、朱音さんはおばさんなんかじゃない！　とっても、とっても綺麗です！」

つらそうな顔は見たくなかった。だって朱音が好きという気持ちも本当だから。

家族としてだけじゃない。女としても――。

「あ、ご、ごめんなさい……」

告白の後、正気に戻って謝る。

「どうして謝るの？　私はとっても嬉しかったわ」

「でも……歩美のことが好きって言ったばかりなのに……」

自分には男としての誠実さが欠けているのではないだろうか？

なんてことを考えてしまう。

「それでいいのよ」

するとそんな自分を朱音は優しく抱き寄せてくれた。

「わっ、わわわわっ！」

大きな乳房に顔が押しつけられる。とても柔らかく、温かな感触だった。全身から力が抜けそうになるほど心地いい。

「自分の気持ちに素直になりなさい。男の子なんだからそれくらいでなくちゃ駄目よ」

優しく頭を撫でられた。

「……朱音さん」

心遣いが嬉しい。うっとりと瞳を細めた。

「ふふ、いい子ね。で、どうする？　手伝う？」

耳元でボソリッと熱い吐息と共に呟きを向けてくる。ゾクリッと身も心も蕩けそうになるほどの性感を覚えた。

「……お、お願いします」

最早抗うことなんかできない。我慢も限界だった。

「わかったわ。それじゃあ、布団をめくって」

「……はい」

言われるまま素直に下半身を隠していた布団を剥ぐ。途端に痛々しいほどに勃起した肉棒が下腹部に触れそうなくらいに激しく屹立した。

自慰をしていた時よりも、肉胴は一回り以上大きくなっているように見える。幾本もの血管を浮かび上がらせながら、ドクドクと呼吸するように蠢いた。

「……ふふ、すごい。こんなに大きくなってる。おへそに張りつきそうなくらい反り返って……。若いわね。そんなに私で興奮しちゃったの？」

「そ、そうです……」

顔から火が出そうなくらいの羞恥を覚えたけれど、否定はできない。朱音で興奮してしまっていることは事実だった。

「じゃあ、いくわね」

ソッと手を伸ばし、ビンビンに勃起したペニスに触れてくる。

「あっ、ふぁあああっ」

細指が亀頭に触れた途端、それだけでビクンッと肉体は震え、声が漏れてしまった。

「敏感ね。もしかして、こうやって誰かに触られるの初めて?」

「そうです」

「そっか、私が初めてか……。ふふ、嬉しい。それじゃあ、初めてがいい思い出になるように、頑張るわね」

本当に嬉しそうに朱音が呟くと共に、シュコシュコと肉茎を扱き始める。途端に下半身が燃え上がりそうな性感が走った。

「んっく」

柔らかな手のひらで肉竿を擦り上げられる。肉根からカリ首まで、数度撫で上げられるだけで肉棒は激しく痙攣するように震え、鈴口から糸を引くほど濃厚な汁が分泌された。

「あら、もうお汁が出てきた。すごい……私の指にこんなに絡みついてくるわ」

朱音はこの先走り汁に躊躇なく触れてくる。指先と粘液が密着した途端、ヌチュッという淫靡な音が響いた。

そのまま積極的に指先に粘液を絡めると、ヌチュヌチュと肉茎全体に押し広げ始める。溢れ出した先走り汁で、肉棒全体が妖しく濡れていった。

粘液が潤滑剤となり、手淫の速度が増していく。ズチュッズチュッと手のひらと肉茎が擦れ合う音色を一定のリズムで刻んできた。

「どう？　気持ちいい？」

「い、いいです。朱音さんの手……すごく気持ちいい」

「そう。嬉しいわ。それじゃあ、もっと気持ちよくしてあげるわね。こんなのは……どう？」

ただ手のひらで擦り上げてくるだけではない。鉤状に指を曲げたかと思うと、ズゾゾゾッと肉茎全体を引っ掻くように刺激を与えてくる。その上で螺旋を描くようにカリ首にも刺激を与えてきた。そうして肉茎を愛撫しつつ、時には陰嚢《いんのう》にも指を回し、柔らかく転がすような手つきでこねくり回してきたりもする。

手のひら全体がペニスに吸いついてくるかのような感触に、腰がわずかに浮き上がった。

「ふふ、すごく気持ちよさそうね。それじゃあこうやって先っぽをグチュグチュするのはどうかしら？」

こちらの反応に気をよくしたように微笑むと、手のひらで亀頭を包みこんでくる。キュウッときつく、それでいて柔らかい——男の弱いところを知り尽くした未亡人らしい妖艶な手つきだった。

「うっあふっ……。す、すごい。これ、すごいよ。き、気持ちいい。そ、そんなにされたら、す、すぐに……。い、絶頂《イ》っちゃう。で、射精《で》ちゃうよ」

童貞少年にはあまりに刺激が強すぎる、あっという間に射精してしまいそうなほどにペニスは昂ぶっていった。

「……まだ駄目よ。まだ射精《だ》しちゃ駄目」

しかし、ここで朱音は手を止める。

「ど、どうして？」

蕩けるような性感を中断され、思わず救いを求めるような視線を向けてしまう。

「ふふ、手だけで射精しちゃったら勿体ないわよ。私の胸……使ってみたくない？」

わずかに前屈みになり、両手をキュッと締め、胸の谷間を強調してくる。寝間着の胸元に幾本もの皺が寄った。

胸を使う——知樹だって年頃の男子であり、それが何を意味するのかはすぐに理解する。

（あの胸で……あ、朱音さんのお、おっぱいで……）

「さあ、どうする？　したい？」

挑発的な視線で問われる。

「し、したいです」

断れるはずがなかった。

「わかったわ。それじゃあ……」

シュルリッと音を立てて、カーディガンを脱ぎ、寝間着のボタンを一つ一つ外していく。

白い肌が露わとなり、そして——

「……すごい」

黒い下着に隠された乳房がタユンッと飛び出した。

上着だけじゃない。パンツも脱ぎ捨て、朱音は黒のブラジャー、黒いショーツ。黒いガーターベルトという姿となった。

「どうかしら？」

大きく膨らんだ胸元。キュッと引き締まった腰。ドプンッと膨らんだヒップ。ムチッとした太もも——何もかもに知樹の視線は惹きつけられる。

「綺麗です。すごく綺麗です」

「ありがとう。嬉しいわ。それじゃあ……」

そう言うと自らの背中に手を回し、パチンッとブラを外す。ブルンッと手のひらには収まりきれそうにないほど大きな乳房が露わとなった。

「お、おっぱい……」

胸に視線が釘付けになる。

本当に大きな胸だ。カップ数についてはよくわからないけれど、よく雑誌で見るグラビアアイドルよりも大きいように見える。Gいや、Hくらいはあるのではないか？それでいてまったく垂れていない。年齢を感じさせないほど、瑞々しい張りを保っている。

乳輪は少し大きめ。色はピンク——手淫行為に興奮したのか、乳頭はすでに勃起していた。

「そう、おっぱいよ。このおっぱいで……知樹君のおちん×んを気持ちよくしてあげるわね。それじゃあ、ここに座って」

「はい」

夢遊病にでもかかったかのようにうなずくと、指示されるがままベッド脇に移動する。

「いい子ね。じゃあ……いくわよ」

自分の目の前に朱音がしゃがみこみ——

「う、うああっ」

グニュッとその大きな乳房で肉棒を挟みこんできた。

「うっく、こ、これ……す、すごい。すごいよ」

胸の谷間の中に肉槍がズブズブと沈みこんでいく。柔らかな肉がペニス全体に絡みつき、下半身が蕩けそうなほどの性感が走った。

「どう？　気持ちいい？」

「い、いいです。これ、す、すごくいい。最高です。朱音さんのおっぱい……す、すぐに射精《で》ちゃいそうなくらい気持ちいい」

「そう……ふふ、そう言ってもらえると私も嬉しいわ。でも、あんまりすぐに射精しちゃ駄目よ。色々サービスしてあげたいんだから」

なんてことを言いつつ、朱音はグチュグチュと口の中に唾液を溜めると、それを零してくる。

「くっ、あっ、うぁあああ」

唾液が胸の谷間から顔を出した亀頭を濡らした。生温かな感触に腰が震えるように反応する。

「こうやって滑りをよくして……さあ、いくわね」

そうして零した唾液でペニスがグチュグチュに濡れたのを確認すると、ウフフッと妖艶に微笑みながら、ゆっくりと上半身を振り始めた。

「ああ、これ、おっぱいが、あ、朱音さんのおっぱいが僕のを締め上げてくる！」

グチュッグチュッグチュッという淫靡な音色が響き渡る。それと共に、ギュウと肉茎が乳肉によって激しく圧迫された。

竿を締めつけながら、全体を激しく擦り上げてくる。ペニスが絞り上げられるような感覚に、ガクガクと腰が震えた。

「んっく、んっんっんっ……。ふふ、すごい。私の胸の中で……知樹君のおちん×んがすごく震えてるのがわかるわ。それに、最初よりも大きく、硬くなって……すごく熱い。んっ、はぁっはぁっはぁっ……亀頭もこんなに膨らんで……お汁だらだらよ」

ほうっと熱い吐息を朱音は漏らす。

「こんなに大きくなるくらい感じてくれてるのね。んっ、あふっ……嬉しいわ。嬉しいからもっと……もっと気持ちよくしてあげる」

「も、もっと？」

「こうするの……」

小首を傾げる知樹に対してペロッと上唇を舌で舐めると、肉先に口唇を寄せてきた。

「んちゅっ……」

「ふぁああぁっ」

亀頭に朱音の唇が触れる。伝わってくる柔らかな感触に、ビクビクッと思わず腰を震わせてしまう。

(く、口？　朱音さんが……ぼ、僕のを口で……？)

信じがたい光景だった。

あの朱音が。幼い頃からもう一人の母親のように慕ってきた朱音がペニスを――。

(夢？　僕……ゆ、夢でも見てるの？)

だが、肉先に伝わってくる感触は、決して幻なんかじゃない。

「ちゅっちゅっちゅっ……。んふっ、ふっちゅ、んちゅっ……ちゅうう」

繰り返し繰り返し、啄むようなキスが降り注ぐ。そのキスに合わせるように、乳房による肉茎の締めつけもきついものに変わっていった。

「あっあっあっ、こ、これ、す、すごいです。ああ、と、溶けちゃいそう。ぼ、僕の下半身が溶けちゃいそうです。いい、これ、よすぎです」

ぐちゅっぐちゅっぐちゅっと淫靡な音を奏でながら、激しく上半身をくねらせてくる。視界に映る剥き出しの白い背中が、知樹の興奮をさらに高めた。

「ふちゅぅ……。そんなにいいの？　でもまだよ。まだまだ。ほら、もっともっともっと気持ちよくなって。私で感じて……んちゅっ……れろっ、んれろっ、れろっれろれろぉ」

「くぁあああ。な、なにそれ！　うっあ、か、絡みつく。絡みついてくるぅ！」

口付けだけでは終わらない。今度は舌を伸ばすと、ペロペロとアイスでも舐める時みたいに秘部に刺激を与えてくる。舌先がまるで蛇のように蠢く。亀頭を這い回り、肉先秘裂を何度も上下になぞってきた。

「んぁあああ」

そうして舐めるだけでは終わらず、ついにはその小さな唇を開き――

「んもっ、ふじゅうう……」

「あっ、うああっ！　あああ、口、あ、朱音さんの口の中に僕のがぁ」

肉棒を咥えこむ。ねっとりと生温かく、粘り着くように絡みついてくる口腔に、カリ首までが咥えこまれた。

「んふっ、ろう？　んちゅ、ちゅぽっ、ふちゅぅ……。わらひのくひ、きもひいいれしょ。んじゅっ、じゅずっ、じゅずるるるぅ」

ペニスを咥えたまま微笑みつつ、頬を窄め、下品な音を鳴らしながら吸引してくる。

「うぁあああ！　だ、駄目ですよ。そんなところ、き、汚いですから」

まるで女の子みたいな悲鳴を上げてしまう。

「だいりょうぶよ。知樹君のおちん×んは汚くなんかなひから……んっぷ、じゅぷっ、しょれに……んっふ、んふっんふっんふぅ……。もひきたなくても、わらひが口できれーにしてあげるわ。んっちゅ、ちゅぶっちゅぶっちゅぶぅ」

窄まった口唇がカリ首を刺激する。口腔でねっとりと舌がペニスに絡みつき、締め上げてきた。同時に肉竿が乳房によって潰される。童貞少年に与えられる刺激としては、あまりに大きすぎるものだった。

「うあっ、だ、駄目です。そ、そんなに、そんなにしたらが、我慢――我慢できなくなっちゃいます。で、射精《で》る。射精ちゃう」

「ふふ……いいわひょらひて。んちゅっ、ちゅじゅっ……むちゅるっ、ちゅっちゅっちゅくぅ。ふちゅっ……はふぁああ……。ほら、いい？　こうしゃれれば、れしょう？　んっじゅ、ぺろっ、れろぉおお……」

口淫はさらに激しいものへと変わっていく。

「だっめです。うっあ、ホントに、ホントに射精ちゃうからもう。こ、このままじゃ、このままじゃ朱音さんにぃ！」

「いいわ。んれろっ、わたひに、わたひにぶっかけへ。たくしゃん。たくしゃんともひきゅんのじゃーめんかけへ！　んっちゅ、ぶちゅっ――じゅっぽじゅっぽじゅっぽ……ちゅううう」

肉棒を解放してくれる気などサラサラないようだった。

それどころか、より唇を窄めて肉先を吸引し、より乳房の動きを速くして肉竿を擦り上げてくる。

「だ、駄目だ。も、もう駄目です！」

チカッチカッと視界が明滅するほどの性感を覚えた。亀頭が一瞬で膨れあがり――

「で、射精るっ！　射精るぅうう！」

肉悦が爆発した。

脳髄が焼き切れそうなほどの快楽と共に、ドクドクと激しく肉棒が痙攣する。

「むぼっ！　もっ、おっも、むっ、ふぼっ――むっむっ、ふもぉおお」

溢れ出す白濁液は、一瞬で朱音の口腔をいっぱいに満たすほどの量だった。

「むっふ、あ……ふぁあああ……。んじゅっ、じゅずっ、じゅずるるるぅ」

「うあっ、す、すごいっ！　ああぁぁああ」

射精してもなお、頬を窄め、ペニスを吸引してくる。快楽の上に重なる快楽。ドクドクと肉茎を痙攣させながら、最後の一滴まで朱音の口腔に流しこんだ。

「んふっ……はぁっはぁっはぁっ……た、たくひゃんらひたわね」

チュポンッとペニスを口腔から引き抜いた朱音が、口元を押さえながら呟く。

「ご、ごめんなさい。く、口の中に……」

「んふふ、ほんろうにともひくんはやはひーわね。れも、らいじょーぶよ。んぎゅっ、ふっ、んごきゅっごきゅっごきゅっ……」

謝る知樹に対し、口の中に精液を溜めたまま微笑んだかと思うと、そのままゴクゴクと喉を鳴らし、白濁液を飲み干していった。

「んっふ……はぁあああ……。んふっ……はふぅ……。んっ、んんんん。んんんんんんんんんんんん」

やがて喉を鳴らしながら、朱音はビクビクビクッと肉体を痙攣させる。一瞬で白い肌が桜色に紅潮していった。身体中からは汗が噴き出す。

「あっふ……はぁっはぁっはぁ……けぷっ。んんん……。ふ、ふふ、とっても……美味しかったわ。ご、ごちそうさま……」

その状態ですべてを飲み干し、礼の言葉を述べてくる。瞳は潤み、吐き出す息にも熱いものが混ざっていた。

(なんか……すごくエッチだ……)

射精を終えたばかりだというのに、荒い息を吐き、肢体を紅潮させる朱音の姿が最初に乳房を見た時よりもイヤらしく見えた。

「ふふ、お、驚いた？　ご、ごめんなさいね……。はぁはぁ……わ、私。せ、精液飲むと絶頂《イ》っちゃうのよ」

息を呑みながら見つめていると、こちらの視線に気付き、そんな言葉を向けてくる。

「知樹君の精液……とっても美味しかったわ。だから、すごく気持ちよかった。はぁ

びくっ!
はっ
はっ
ぴちゃっ

はぁ……ふふ、変でしょ？」

「そ、そんなことありません……。変なんかじゃありません。その……せ、精液飲んで絶頂《イ》ってる朱音さんの姿……すごく、すごく綺麗でした」

これは本心からの言葉だ。本当に朱音は綺麗だった。

「……お世辞じゃないみたいね」

「え？　あ、その……こ、これは!!」

チラッと視線をこちらの股間へと向けてくる。彼女が見ているのは、射精してなお衰えない勃起ペニスだった。

慌てて両手で隠す。

「ご、ごめんなさい」

「謝る必要はないわ。それどころか……嬉しい。だって、それだけ……ふぅふぅ……わ、私を求めてくれているってことでしょ？　だから……」

再び上目遣いでこちらを見つめてくる。

「私と……する？」

その〝する〟が何を意味しているのかわからないほど、知樹は子供ではなかった。

「で、でも……い、いいんですか？」

したくないはずない。したいに決まってる。

「……もちろんよ。だけど……おばさんだけど、私でいい？」

「はい！　いいです。いいに決まってます!!　したいです。朱音さんとしたい！」

何度も首を縦に振った。

「ありがとう。それじゃあ……しましょう」

ねっとりとした熱い吐息混じりの囁きが、理性を溶かす。

「は、はい……」

誘われるがままにうなずいた。

「ふふ、それじゃあ……脱ぐわね」

しゃがみこんでいた朱音は立ち上がると、黒いショーツに手をかけ、躊躇なくそれを下ろす。

（こ、これが女の人の……）

露わになっていく朱音の秘部を、息を呑みながら見つめる。

ワシャッと伸びる濃い繁みの中に隠された秘部が露わになった。先ほどの精飲行為で達したためか、花弁はすでにクパッと左右に開いている。幾重にも重なる赤い色をしたビラビラが覗き見えた。その表面はねっとりと濡れそぼっている。

「……あんまり見ないでね。その……毛が濃くて、恥ずかしいから……」

思わず身を乗り出して見惚れていると、朱音はわずかに顔を赤く染め、羞恥を感じてるような素振りを見せた。

(朱音さんが恥ずかしがってる……)

　今まで一方的に自分を責めていた年上女性が見せる姿に、知樹の股間は一度目の射精時よりも熱く、硬くたぎっていく。

「こんな濃いアソコ……。驚いたでしょ？」

「そんなことないです！　すごく、すごく綺麗です」

　本心からの言葉だった。

「……ありがとう。とっても嬉しいわ。それじゃあ……」

　そう言うと朱音はベッドに横になり、頬を赤らめながら両足を広げる。するとこれに合わせて秘裂がより大きく開いた。ビラビラが蠢き、クパッと膣口が開く。

「ここが私のおま×こよ……。実はね、さっきからもう、欲しくて欲しくてたまらなかったの。ほら、グショグショでしょ？　だから……来て」

「は、はい」

　呼吸するように肉襞がゆっくりと動いている。こんな光景を見せつけられて我慢なんかできるはずがない。

(する。僕は……朱音さんと……セックス。セックスするんだ！)

　本能のままに、膣口に肉先を添える。

「あんっ」

わずかに甘い声を朱音が漏らす。クチュッという音と共に、柔らかく、熱い肉の感触が亀頭に伝わってきた。ニチャアッと肉襞が肉先に絡みつく。

「くっ、うぁあああ」

正直言うとこの感触だけで射精してしまいそうなほどの性感を覚えたが、それを必死に抑えこむ。

「こ、ここ……ここですか？」

「そうよ。そのまま……ゆっくり腰を突き出して」

「こ、こう——う、うぁあああ」

朱音のリードに任せるがままに腰を突き出す。ズニュウウッと淫肉の海に沈みこむ肉槍。柔らかく、それでいて精液を絞り出すようにきつく、膣壁がペニスに絡みついてきた。

「あっく、んっ、ふんんん」

ヒクッと切なげに朱音は眉根に皺を寄せる。

「こ、こう？　は、挿入《はい》ってる？」

「え、ええ……挿入ってるわ。知樹君のおちん×ん……わ、私のおま×こに挿入ってる。あっんっ、はぁあああ」

ズブズブとペニスが膣奥に沈みこんでいく。

(ああ、すごい。これ、挿入ってる。僕、してる。朱音さんとせ、セックスしてるんだ。僕……セックスしちゃってる)

まるで熱いゼリーの中に肉棒を突っこんでいるかのような感覚を覚える。ペニスが蕩けてしまいそうなほどに心地いい。

「どう? はぁっはぁっはぁっ……私の膣中《なか》……気持ちいい? 初めてのセックス……痛かったりしない?」

「だ、大丈夫です。痛くないです。それより、すごく……すごく気持ちいい。朱音さんの膣中……とても熱くて、ぼ、僕のにギュウギュウッて絡みついてきます」

初めてペニスに感じる女性器の感触に、意識が飛びそうなほどの性感を覚えた。

「そう、よかった。あっ、んんんん……。はぁはぁ……わ、私も気持ちいいわ。あの人がいなくなって以来のおちん×ん……本当に気持ちよくて、嬉しい。大きいわ。知樹君のおちん×んすごく大きい。もっと、もっと奥まで挿入《い》れて」

「はい、挿入れます。朱音さんの奥まで、挿入れますね」

ぐじゅるうっとさらに肉棒を膣奥へと挿入していく。

(ああ、すごく絡んでくる。朱音さんのおま×こ——ギュウギュウうねりながら、絡んでくる)

腰を突き出せば出すほど、肉壁の締まりは大きくなっていき、ペニスに絡みつく肉襞の枚数も増えていった。結合部からはジュワリッと愛液が溢れ出す。絡みつく分泌液が潤滑剤となり、より膣中が滑り、肉棒に性感を与えてくる。

ビクンッビクンッと激しくペニスが震えた。いつ射精してしまってもおかしくないほどの性感に必死に耐えながら、膣奥まで肉棒を突きこむ。

「あっふ、あっ……すごいわ。来てる。わ、私の奥まで……知樹君のおちん×んが届いてるわ。はあっ、んんんん。あ、当たってる。私の子宮に当たってる……。わ、わかる?」

「わかります。これが……朱音さんのし、子宮……」

「そうよ。そこから……歩美や、楓が生まれてきたの」

そう言われるとなんだか不思議な感じがする。それと共に、朱音のすべてを自分のものにしたような感動がわき上がってきた。

「ふふ……ねぇ……キス、しましょう……」

じんわりとセックスの喜びに浸っていると、朱音が熱い言葉を向けてくる。

「え? でも、い、いいんですか?」

「もちろんよ。はぁっはぁっ……。童貞卒業記念よ。キス……して」

切れ長の瞳が閉じられる。

「あ、朱音さん。す、好きです。朱音さん！」

我慢できなかった。唇を寄せ、重ねる。

「んっふ……」

クチュッと口唇に柔らかな感触が伝わってきた。

「あ、はぁああ……」

ソッと唇を離す。

「これだけ?」

すると朱音が挑発するような視線を向けてくる。

「こ、これだけって……」

「……ふふ、そっか……まだ、大人のキスをしたことがないのね」

「大人のキス?」

「そう……こういうキス」

後頭部に手が回されたかと思うと、ぐいっと頭が引っ張られ、今度は朱音の方からキスをされる。

「んんんん！」

「んちゅう」

再び重なる口唇と口唇——だけでは終わらず、今度は口腔に舌を挿しこまれた。

「んっちゅ、ちゅっちゅっちゅるっ……くちゅ、れろっ、んちゅぅ……。ちゅぶっ……ぬっちゅ、ふちゅっ……はふぁああ……。んっふ、ふっふっふじゅぅ」

艶めかしく蠢く舌が、口内を掻き回す。

（うあっ、す、すごい。朱音さんの、朱音さんの舌が僕の口の中に入ってくる。舌が舌に絡まって……すごい。き、気持ちいい。キスって……キスって……こんなにき、気持ちいいものだったんだ）

舌で口腔を蹂躙されながら、上唇をチュウウウッと吸い立てられるだけで、ただでさえ熱く火照っていた全身がさらに熱くなっていくのがわかった。キュウウウッと蜜壺が収縮し、肉棒をさらに締め上げてくる。膣壁が精液を搾り取ろうとするかのように、蠢きながら肉竿に絡みついてきた。

「んっふ……はふぅう……。んっ、んふふ……。はぁっはぁっ……。す、すごいわ。私の膣中《なか》でおちん×ん……ピクピク動いてる。あっく、んっ、あんっ……。動かしたいの？」

チュプッと一度唇が離れる。口唇と口唇の間に伸びる唾液の糸を妖しく垂らしながら、尋ねてくる。

「は、はい。う、動かしたいです」

「そう……い、いいわよ。んっんっ……知樹君が思うように動いていいわ。私を……

私を犯して」

「はい！　はいっ！」

頷きながら抽迭を開始する。

ぬじゅっ、ぐじゅるっと膣奥まで突きこんでいたペニスを、引き抜いていった。

「あっ、あああああっ。す、すごい。う、動いてる。わ、私の膣中《なか》でおちん×んが動いてるのがわかるわ。んっく……あっ、ふっふんんん……。こ、擦ってる。はぁはぁ……擦られてる！」

「くああっ。か、絡んできます。朱音さんの膣中が……僕に……か、絡んできます」

引き抜かれていくペニスを逃すまいとするかのように、襞の一枚一枚がきつく肉竿を締め上げてくる。肉棒だけでなく、全身が膣に包まれているかのような錯覚さえ覚えた。ほんの少し動いただけだというのに、いつ射精してもおかしくないくらいに気持ちいい。

けれど必死に射精感を抑えこむ。

（だ、駄目だ。まだ射精しちゃ駄目だ。ぼ、僕だけじゃイヤだ。朱音さん。朱音さんにも気持ちよくなってもらいたい。だから、まだだ！）

自分だけでは駄目なのだと必死に自分に言い聞かせながら、引き抜いていったペニスを今度は膣奥に向けて再び叩きつける。

「あっふ。あっ、ま、また奥に！　あっあっ、い、いいわ。知樹君……すごく気持ちいい」

「あ、朱音さん！　朱音さん朱音さん朱音さんっ！」

どうすれば女性を気持ちよくすることができるのか？　そんなテクニックはついさっきまで童貞少年だった知樹にはわからない。だからこそ、本能のままに無茶苦茶に腰を振る。朱音の身体を肉槍で刺し貫こうとでもするかのような勢いで、ジュボジュボ抽送を行う。

「あっ——くっひ、んひっ！　あっあっ、あっひ、んんんん。ああ、す、すごいわ。は、激しい。知樹君こっれ、すごく激しい。んっく、お、奥に当たるわ。知樹君のおちん×んが奥に当たるっ！」

膣奥に何度もペニスを叩きこむ。そのたびにベッドがギシギシと軋んだ音を立てた。朱音の巨乳がゆっさゆっさと抽送に合わせて揺れる様に、さらに劣情がかき立てられていく。

「き、キスして。わ、私を犯しながらキスして」

「朱音さん……。くっ、はぁっはぁっ……朱音さん！」

求められるがまま、腰を振りつつ唇を寄せ、再び口付けする。

「んっちゅ、ちゅぶっ、ふっちゅ、んんんん」

最初は啄むようなキス。何度も何度もチュッチュッチュッと唇を重ねた。

だが、これだけでは足りない。ただ唇を重ねるだけでは満足できない。

「ああ、いいです。朱音さんの身体……すごくいい。朱音さん！　朱音さん！」

何度も名を呼びながら、自分から朱音の口腔に舌を挿しこんだ。

「んっふ、はっ、あむっ、んじゅっ、むちゅぅ……。あむっ、むっふ、はっはっはふぅ。ちゃぷにちゅうう……」

技巧も何もない。本能が赴くままにひたすら口腔を貪る。これに応えるように、朱音も舌を絡ませてくれた。

腰を振りながらのディープキス。ただ舌を蠢かすだけでは終わらず、朱音の口腔に唾液を流しこんでいく。

「じゅっぷ、はっ、むっふ……んっちゅ。んんんん。じゅずっ、じゅずるるるぅ」

繋がり合った唇の間から唾液が漏れ、美しい顔が汚れた。

「あっふ、んんん。はぁああ……。き、気持ちいいわ。すごく……んっふ、はむぅ。いい、わ、私も、私も我慢できなくなっちゃう。んっちゅ、れろっ、むちゅぅ」

キスを続けながら、こちらのピストンに合わせるように朱音も腰を振り始める。ネトッとイヤらしく腰がくねった。

「あっく、うあぁああ。そ、それ、いいです。気持ちいい。んっんんんんん」

腰のうねりに合わせるように、膣壁までが蠢き出す。勃起をくすぐるようにねっとりまとわりつく締めつけ。蜜壺の中に肉棒が溶けていくような錯覚さえ覚えた。わき上がる射精感。それを誤魔化すようによりキスを激しいものにしていく。

「はっちゅ、むちゅっ……んっふ、はふっ……。あっあっあっ……。んんん。はふぁ。んっふ、ふちゅぅ……。はっはっはっはぁああ。す、好き……」

やがてポツリッと朱音が呟く。

「——え？」

一瞬彼女が何を言ったのかわからず、聞き返すような態度を取ってしまった。

すると朱音は瞳を潤ませ、口端からは唾液を溢れさせながら、心の底から嬉しそうに微笑む。

「好きよ。私……んっく、知樹君が好き。だ、大好きよ」

「あ、朱音さん……」

ずっと憧れだった美しい女性からの告白。心の奥底にまで染み渡ってくるのを感じた。

「ぼ、僕もです！　僕も……好きです！　朱音さんのことが好きです!!」

男としてこれほど幸せなことはない。愛おしさが爆発する。

「好きです！　大好きです！　朱音さん、朱音さん朱音さん朱音さんっ！」

自分でも気付かずに、より抽迭速度を上げていく。

激しく腰を振り、ばちゅんっばちゅんっと膣奥に何度も肉棒を叩きつけた。

「あっ、くっひ。あっ、す、すごい。は、激しい。い、いいわ。すごくいい。あっあっ、き、気持ちいい。知樹君のペニス。身体が溶けちゃいそうなくらい気持ちいい」

突きこみに応えるように、朱音の腰もより激しく蠢き出す。

「あっあんっ……。あっふ、あっあんん」

口腔から漏れる嬌声にも、より艶やかな響きが混ざっていった。

「ああ、いいです。気持ちよすぎて、で、射精《で》ちゃいそうです」

抑えきれないほどに射精感が膨らんでいく。

「い、いいわ。射精《だ》して。私に……飲ませて……私の口にだ、射精して！」

「はい、はいい！」

射精衝動に流されるように本能のまま腰を振り、腰を振り、腰を振る！

ピストンごとにペニスは高ぶり、肉竿は大きさを増していった。

「す、すっごい。あっふ、ああ、お、大きくなってるわ。知樹君のお、おちん×ん。すごく大きくなってる。こんなの、こんな大きいの初めてよ。あっあっ、私の膣中が、お、おま×こが広げられていくみたい。あっあっ、いいわ。いいっ」

「うああっ。し、締めつけられます。朱音さんの膣中が、僕のを締めつけてくる。くっ、も、もう！　もう駄目です。で、射精《で》ちゃう。射精ちゃいます！」

亀頭が破裂しそうなくらいに膨らんでいるのが自分でもわかる。肉槍全体が、ビクビクと痙攣していた。

「だ、射精して。飲ませて。んんんん。精液。ざ、ザーメン。と、知樹君のザーメンを私に飲ませて！　あっふ、あっあっあっあっあっ」

溜まりに溜まった欲情が鈴口に向かってわき上がっていく。マグマが噴火するような快楽の奔流を押しとどめることなど、最早できない。

「い、絶頂きます！　射精します！　朱音さん！　大好きです!!」

告白と共に、ジュボッと膣中からペニスを引き抜くと、そのまま仰向けに横になる朱音の口元に肉先を持っていく。

「あっむ、ふむっ……。んもっ、むふぅぅう」

すると朱音は躊躇なく艶やかな唇を開き、肉棒を咥えてくれた。

「むっちゅ、ちゅぶっ……。むちゅっ、ふちゅぅ……」

すぐさま舌が絡みついてくる。口腔が窄まり、キュウッと肉竿を締めつけてきた。

「うっく、あああぁ。い、いい。くぁあああ」

膣に勝るとも劣らないくらいに心地いい感触が伝わってくる。

「んふっ――ちゅぼっちゅぼっちゅぼっちゅぼっちゅぼっちゅぼっ」

こちらの見せた反応に肉棒を咥えたまま嬉しそうに微笑むと、そのまま激しく頭を前後に振り始めた。

肉茎が口唇によって摩擦される。カリ首がジュルルルッと吸い立てられ、肉先を何度も舐め回された。

「で、射精《で》るっ！　射精ますっ！」

ここまでされて我慢などできるはずがない。

ドクンッと肉茎が脈打ち――

「うあっ！　ああああ」

ついに肉先から多量の白濁液を撃ち放つ。

「むっふ、もっ、おっも！　むっふ。ふぅうう。んっく、はふぁあああ」

一回目の射精以上に濃厚で、熱く、多量の精液。一瞬で口腔を満たす。それだけでは飽き足らず――

「うあっ！　ま、まだ射精るっ」

ジュポンッと口腔から引き抜かれた途端、射精第二弾が始まり、朱音の顔に濃厚汁をぶっかける結果になってしまった。

美しい顔が白濁に塗れる。頬を垂れ流れていく牡汁が、実に淫靡だった。

「ああ、ご、ごめんなさい」

はっ♥
あっ♥ あっ♥
はぁっ♥
はぁっ♥

とはいえ、美しい顔を汚してしまったのは事実であり、謝罪する。

「んふっ……はっはふぅ……。ふふ、いいわよ。しょんらにあやまらなくへも……。んっく、んんっ。ごきゅっごきゅっ……んげっ、けほっ……しゅごい、これ、しゅごくこいわ。んぎゅぅうう」

けれども怒っている様子はない。それどころか、本当に嬉しそうに微笑みながら、喉を上下に動かし、ゴクゴクと口腔に溜まった白濁液を飲み干していった。

「あっふ、おいひい。すごく……んぎゅっ、んぐぅ……。ザーメン美味しいわ。うっく、あっあっあっ、い、絶頂くっ。私――い、絶頂《イ》く！　知樹君のザーメンでい、絶頂くぅ♥」

そのまま肢体を激しく痙攣させ、ついに朱音は達する。

「ああ、んっちゅ。はふぅ……。あ、ああ……。いいわ。すごく……美味しくて、き、気持ちいい。んっんんっんんんん」

そうして達しつつなお、顔にこびりついた精液を指で絡め取り、チュパチュパとそれを啜った。

「あっ、はぁああああ……。ご、ごめんなさいね。わ、私……こんなに変態で……。ザーメン飲んで絶頂っちゃうような変態でごめんなさい」

顔を紅潮させながら、熱い吐息を漏らしつつ、潤んだ瞳を向けてくる。その顔が、なんだかとても綺麗だった。

「謝る必要なんかないです。そんな朱音さんが、ぼ、僕は大好きです」

「……ふふ、ありがとう。私も好きよ」

優しく抱きしめられる。そっと頭を撫でられた。

(ああ、気持ちいい)

これだけですごく幸せな気分になる。このまま死んでしまっても悔いはない。そう思えるくらいに幸福だった。

だが――

「やっと終わったか。母さんはフライングしすぎだな」

「長かったの。もう、ママだけずるいの。一人だけおにぃちゃんと!」

ガチャッと部屋のドアが開くと同時に、室内に響いた声を聞いた瞬間、その幸福感は一瞬で霧散し、血の気が引いていった。

「え?　あ……あ、歩美?　そ、それに……か、楓ちゃんも……」

部屋の入り口に歩美と楓が立っている。

「え?　あ、ど、どうして?　ってか、その……歩美……こ、これは……」

はっきり言って言い訳しようがない状況だった。だが、何か言わなければならない。でも、何を言えばいいのかわからない。

混乱する。頭が混乱する。

「そんなに焦らなくても大丈夫だ。別にボクは怒ってないから」

「お、怒ってない？　どうして？」

なぜだろうかと小首を傾げる。

「どうしてって……これはボクも承知してのことだからだよ」

「それって……？　ど、どういう？」

首を傾げながら朱音を見る。

「ふふ、答えはすぐにわかるわ」

すると朱音は笑った。

「え？　あ、なに？　こ……れ……？」

笑うと共に、知樹の首筋に、注射器のようなものを突き立ててきた。

チクッという痛みが走る。

それと共に、唐突に目の前が真っ暗になり――

「う、あ……ど、どう……し、て……？」

知樹は意識を失った。

第二章 姉妹 処女をアナタにあげたいの

「うっく……あ、う、ああ……」

なんだか身体が熱い。特にジンジンと下半身が疼いているような——そんな違和感を覚え、知樹は瞳を開く。

「む……起きたな」

「えっと……だいたい一時間。ママの計算通りだね」

「私の薬は完璧なのよ」

自分を見つめる朱音、歩美、楓の三人が視界に映る。

「あ、朱音さん？　え……これ、一体？」

一体どうなっているのか？

状況がつかめない。

「え……あ、その……なんだか身体が熱く――って、な、ななな……なんて格好してるんですか!?」

「調子はどう?」

そこで朱音の姿に気付く。

朱音は娘たちも一緒にいるというのに黒いブラジャーに黒いショーツ。黒いガーターベルト――見つめているだけで頭がクラクラしそうになる下着姿だった。

(どうして朱音さんはこんな……あ、そ、そうか……ぼ、僕は朱音さんと……)

そこで自分が朱音と何をしたのかを思い出す。同時に、朱音と〝していた〟ことを歩美と楓に見られてしまったことも……。

「あ、あゆっ――って、ど、どうしてキミまでそんな……」

慌てて言い訳しようと歩美へと視線を移す。

が、そこで知樹は硬直した。

なぜなら、歩美も朱音と同じく下着姿だったからだ。

青いブラジャーに青いショーツ――胸がはち切れそうだ。朱音ほど大きくはないけれど、多分カップ数はD。ツンッとわずかに上向きがかった形がなんだか可愛らしい乳房だ。引き締まった腰から、乳房と同じく上向きなプリッとしたヒップまでに描かれるラインが、なんだかとても艶めかしい。

「へっへ～、ママとおねぇちゃんだけじゃないよおにぃちゃん。かえでも見てなの！」

「え？　あ、か、楓ちゃんも……」

母親や姉と同じく、楓まで下着姿である。

こちらは黄色いスポーツタイプのブラと、ショーツ姿だった。

（ええ!?　そ、その大きさでスポーツって……）

思わず見入る。

楓の胸は姉である歩美よりも大きいのである。間違いなくGカップはあるだろう。

それなのにブラジャーはスポーツタイプ。下着ゴムがぱっつんぱっつんに伸びている。

ギュウッと乳房が押しつけられているためか、吸いこまれそうなくらいに谷間が深い。

自分より一歳年下とは思えないほどに妖艶な身体付きだ。

「えへへ～」

それでいて年相応に無邪気に笑う。

その姿にとてつもなく淫靡なものを感じた。なんだかいけないものを見ているような気分になり、思わずガン見した後、正気に戻って慌てて視線を離す。

「どど、どういうことなんですかこれ？」

とにかくまずは事態を把握しなければならない。

震え声で問いかけながら、身を起こそうとするのだが――

「え？　あ、あれ？　う、嘘？　え？　なに？　なんなんですか⁉」

そこで自分の身体が動かないことに気付いた。

慌てて置かれている状況を確認する。

「こ、これって……ど、どうして⁉」

見ると両手足がベッドの上に拘束されていた。しかも自分は全裸である。その上
――ペニスはこれ以上ないと言うくらいに大きく、硬く屹立していた。

「すごく硬くなってるな。さっきあれだけ射精したのに……」

「ホントだ。ピクピクしてるの～」

「ふふ、クスリを使ったとはいえ、こんなに大きくなるなんて……。さすがは知樹君ね。なんか……見てるだけで濡れてきちゃうわ」

母娘の視線がペニスへと向けられる。

あまりに恥ずかしすぎる状況だった。かといって隠すこともできず、

「な、何がどうしてこんな。く、クスリって一体――っていうか、み、見ないで！　見ないでくださいっ‼」

情けなくも訴えることしかできない。

「なんでですか？　どうしてこんなことをするんですか？」

なんだか泣きそうになってくる。

「そんな顔しないでくれ知樹。なんだかボクまで悲しくなってくる……」

「そうだよおにぃちゃん。大丈夫なの」

「……いきなりこんな状態。混乱するのも当たり前ね。ごめんなさい知樹君」

すると三人はすぐに申し訳なさそうな表情を浮かべた。

一体これはどういうことなんだろう――と、ますます訳がわからなくなってくる。

ただ、この表情を見る限り、三人が自分に何か悪いことをしようとしているわけではないことだけは理解できた。

「……その……、わ、わけを聞かせてください……」

おかげで心が落ち着く。まだ少し混乱しつつも、呼吸を整えて事情を尋ねた。

「わけか……それは……キミのことが好きだからだ」

答えをくれたのは歩美だった。

「僕のことが好き？　その……それがどうして？」

こういうことになるのか？

「それは……ただ好きなわけじゃないからだ」

「た、ただ好きなわけじゃない？」

それはどういう意味なんだろうか？

「……そう。好きとか、愛してるとか……そんなちんぷな言葉だけじゃ表せないくらい……。そう、あえて言うなら気が狂いそうなほど、知樹のことが好きなんだ」

「気が狂いそうなほど？」

「正確には……もう狂ってる。キミのことが好きすぎて、ボクはおかしくなっているんだ」

猫のような歩美の瞳がまっすぐ向けられる。宝石みたいに美しい瞳が潤み、より綺麗に輝いていた。

「もう我慢ができないんだ。キミが——知樹がここにいる。ボクの目の前に、ボクと同じ家にいる。この状況に我慢なんかできるはずがない。告白し合って、キスをしただけじゃ足りないんだ！　だってそうだろ？　五年——五年だ。五年も我慢し続けてきたんだから！」

「が、我慢？　何を言ってるの？　歩美が言ってることが理解できないよ」

歩美が五年間自分のことを想っていてくれたということはなんとなく理解できたけれど、それと現状がまったく繋がらない。

何を我慢してきたというのだろう？

「つまりねおにぃちゃん……。わかりやすく言えば、おねぇちゃんは五年前からずっと、おにぃちゃんと抱き合って、キスをして——一つになりたかったってことなの。セックスしたくてセックスしたくてたまらなかったってことなの」

「せ、セックスって……」

「でね、かえでもそんなおねぇちゃんと気持ちは一緒なの。かえでもおにぃちゃんとセックスしたい。おにぃちゃんのペニスを――ま×こに挿入れたくて仕方がないの！」

無邪気な楓の口から飛び出した露骨な言葉に、なんだか頭がクラクラする。自分は夢でも見ているのだろうか？

「これは夢じゃないぞ知樹。現実だ」

まるで心を読んだかのような言葉を歩美が向けてくる。

「ど、どうして――」

なぜ考えていることがわかる？

「わかるさ。知樹の考えていることならなんでもわかる。だって、それだけキミのことが好きだから」

そう言うとそっとこちらの手に、自分の手を重ねてきた。温かい体温が伝わってくる。触れられただけだというのに、なんだか身体の奥底からゾクゾクとしたものがわき上がってくるのを感じた。

「こうして、キミに触れたかった。ずっと……」

手を重ねてくるだけでは終わらない。そのまま頬ずりをしてくる。柔らかな頬の感触が心地よかった。

ここまで愛情を向けられることははっきり言って嬉しい。けれど、喜びに浸っているわけにはいかない。

「二人が僕のことがす、好きだって言うのはわかったよ。でも、そ、それとこの状況となんの関係があるのさ!?」

自分が拘束された理由がさっぱりわからないのだから。

「だからそれは……もう我慢できないってことなんだ」

「耐えられないってことなの」

「つまりね……。知樹君……あなたが悪いってことなのよ」

二人の言葉を朱音が引き継ぐ。

「ぼ、僕が悪い？　い、意味がわかりませんよ。僕が何か悪いことをしたんですか？」

「ええそうよ」

「それって……なんですか？」

「もちろん。あなたがここに来たことよ」

「こ、ここに来たことって……どういうことですか？　意味がわかりません。だって、だって五年前、待ってるって言ってくれたじゃないですか！　必ず会いに行くって約束した時、待ってるって……」

しかも、最初は寮で暮らすつもりだった知樹に下宿を勧めたのも他でもない市ノ瀬家の母娘自身だ。

なのにここに来たことが悪いなんて、さっぱり理解できない。

「そうよ。あなたの言うとおり、私たちは待ってるって言った。だって……私たち家族はみんな、知樹君のことが大好きだったから。でもね——好きだから……。大好きだからこそ、あなたには約束を守って欲しくなかった……」

「好きだから約束を守って欲しくなかった……？」

「我慢ができなくなっちゃうからよ。あなたを自分たちのものにしたくて仕方がなくなってしまうから。知樹君を目の前にして、理性的でい続けることなんかできないからよ！」

そこでいったん言葉を止めると、朱音は手を伸ばし、知樹の頬を優しく撫でてきた。

「五年前、私たちが引っ越した本当の理由はね。私の仕事の都合なんかじゃないの」

語りつつ、ただ撫でるだけではなく、鼻息が届くほどの距離まで顔を近づけてくる。

「本当の理由は、もう我慢できそうになかったから。もうね、私たちはいつ知樹君に手を出してもおかしくないほどに、あなたにイカレていたの」

「いつ手を出してもって……五年前……僕は十歳ですよ」

「年齢なんか関係ない！　好きになっちゃったんですもの。どうしてそんなに好きになったのか？　理由もわからない。でも、本当に……心の底から、あなたを愛してしまっていたの……」

目を見ればわかる──朱音は本気だ。

「あなたを見るだけで、身体が熱くなって、あそこを……おま×こを私は濡らしていたわ。いいえ、私だけじゃない」

「私だけじゃないって……まさか……⁉」

頬ずりを続ける歩美と、くりくりした瞳を潤ませて自分を見つめる楓へと目を向ける。

「そうだ。ボクもさ。ボクも……知樹といるだけでま×こをグショグショに濡らしてた。知樹を想って、毎晩オナニーしてたんだ」

「かえでもなのおにぃちゃん。おにぃちゃんのことを想って、いつもおっぱい揉んでたの。だからこんなに大きくなったの」

語りながら楓はその大きな乳房を知樹の臑《すね》に押し当ててきた。グニュッと乳房が潰れる。温かく、マシュマロみたいにふんわりとした感触に、ヒクッとペニスが震えた。

「ボクたちはいつ知樹を襲ってもおかしくなかったんだ。五年前、キスをされた時──嬉しすぎてボクの心は本当に壊れてしまうかと思った。正直あのままキミを引っ越し先まで攫《さら》おうかとも思ったんだ。でも、耐えた。ボクは耐えたんだ。知樹のために。知樹の生活を壊さないために……」

「かえでだってそうなの。おにぃちゃんとバイバイなんかしたくなかった。でも、かえでたちがいたら絶対おにぃちゃんに迷惑をかけちゃう……。だから我慢したの」

「ずっと……ずっと私たちは耐えてきたの。あなたに会いたいという想いを抑えこんできた。なのに……あなたは来てしまった。私たちの努力にはこれっぽっちも気付かないで……。だから……だからこれは……あなたが悪いのよ知樹君！」

三人の視線が集中する。

「五年前から決めていたのよ。もしあなたが本当に約束を守ったら、覚悟を決めるしかないって……。あなたのために狂う覚悟を……」

「おにぃちゃんがかえでたちの学校に来るって聞いた時から、かえでたちは我慢を止めたの」

「知樹……ボクたちのタガはキミがここに来ることを決めた時点で、外れてしまったんだ。だから――」

キミを拘束した。

そこまで言葉は続かなかったけれど、知樹にはそれがはっきりと聞こえた気がした。

「そんなの間違ってるよ。ほ、本気で言ってるの？」

「間違ってるってこともわかってる。でも、本気だ。本気なんだ！　今からそれを証明してあげるよ」

頬ずりを続けながら歩美は妖しく微笑むと、ゆっくり手を伸ばし、勃起したペニスに触れてくる。

「うっ、うあっ！」

指が触れた途端、知樹は悲鳴を上げ、ビクリッと全身を震わせた。

「おにぃちゃん敏感なの」

「……知樹のち×ぽ……すごく熱いぞ。それに硬くて……大きい。はぁあああ……。カリ首もこんなに広がってて、血管がこんなに浮き出てる。ああ、思った通りだ。ずっと、ずっとボクが想像してきたとおり、すごく逞しいち×ぽだよ」

本当に、心の底から嬉しそうに歩美は微笑む。

「たっぷり気持ちよくしてやるからな」

うっとりと細めた瞳を向けてくる。その視線の中に、自分に対する深い愛情が籠もっていることはすぐに理解できた。

正直言えば嬉しい。そりゃかなり斜め上の方向にぶっ飛んではいるけれど、自分が好きな子が――自分が好きだった人たちが、これほどまでに自分を想ってくれているのだ。嬉しくないはずがない。

(でも、だからってこんなの……)

簡単に受け入れていいことではない気がする。なんだかイヤな予感もした。けれど、だからといって止めることなんてできない。

（さ、触ってる。歩美が……あの、あの歩美が僕のに触れている……）

好きな子の細指が肉茎に絡みついているという現実に、肉棒は疼き、膨張していく。

「すごいな……。僕の手の中で、ドクドクいって——まだ大きくなってくる」

本当に嬉しそうに呟く。

「知樹君が感じている証拠よ。さぁ……それを優しく扱《しご》いてあげなさい」

「扱く……？」

「そうよ。手でこうやって、シュコシュコっておちん×んを擦るの」

知樹の頭を慈しむように撫でながら、朱音は右手を何かを握るような形にし、上下に動かして見せた。

「……わかった。やってみる」

母親の指示に素直にうなずくと、教えられたとおりに手を動かし始める。優しい手つきでそっと、肉茎を上下に擦り上げてきた。

「うくっ、あっ！　だ、駄目だよっ。くっ、う、あああっ」

一扱きされるだけで、電流でも流されたみたいな性感を覚える。思わず女の子みたいに嬌声を漏らしてしまった。

「おにぃちゃん感じてるみたいだね」

「……そうだな。よかった」

ホッとしたような、嬉しそうな表情を浮かべつつ、さらにシコシコと肉棒を扱いてくる。行為を中断するつもりはサラサラないらしい。

「どうだ？　気持ちいいか？　痛かったりしないか？」

手を動かしつつ、気遣うような視線を向けてくる。視線にたっぷりと愛情が籠もっていることは、すぐさま理解できた。

「い、痛いなんてことはないよ。き、気持ちいい……。気持ちいいよ」

こんな視線を向けられたら嘘なんてつけない。素直に性感を口にする。

「そうか……。それじゃあ、もっと気持ちよくしてやるからな」

そう言って歩美はこれからどうすればさらに性感を与えることができるのか？　と、問いかけるように視線を朱音へと向けた。

「ふふ、それじゃあお口でしてあげなさい」

母親は娘に対して躊躇なく言い放つ。

「く、口でって……」

思わず歩美の唇を見つめてしまう。唇の艶やかさに、ゴクリッと思わず息を呑んだ。

情けないけれどよりペニスは大きく膨張していく。理性では駄目だ駄目だと思いつつ、本能はしてもらいたくてしてもらいたくてたまらなくなっていた。

「おにぃちゃんのペニス大きくなったの」

「……そうか、口でしてもらいたいってことだな」

「あ、いや……そ、そういうわけじゃないよ」

慌てて否定するけれど、痛々しいほどに肉棒を屹立させてしまっている状態ではまるで説得力がない。

「虚勢を張る必要はないわよ知樹君。して欲しいならして欲しいってはっきり言って。私たちはこの日のために色々準備してきたんだから」

「じ、準備ですか？」

「そうだ……。キミのために母さんに教わってしっかりフェラチオの練習もしている。もちろん、練習相手は母さんから借りたバイブだ。知樹以外の男に手を出すなんてことはしていない。だから安心してくれ」

語りつつ、ペニスを握っていた手を離すと、ゆっくり亀頭に向かって唇を近づけてくる。

（歩美が僕のを……口で……）

未だ混乱はあるけれど、それよりも興奮が勝る。考えるだけで精液が溢れ出そうになるくらいだった。

「していいか？」

「…………う、うん。その……し、して……」

もう我慢なんかできない。素直に頷く。

「ふふ、それじゃあ……。いくぞ。ちゅっ……」

「くっ、うぁあああっ」

亀頭にキスをされる。ただ口唇が触れただけでしかないというのに、全身から力が抜けそうになるくらいの性感が走る。

「気持ちよさそうだな。いいぞ。もっと気持ちよくなってくれ。ほら……んっちゅ、ちゅっちゅっちゅ、ふちゅぅ」

口付けは一度だけでは終わらない。二度、三度——啄むように何度も何度もペニスに口付けしてくる。唇が亀頭に触れるたび、肉棒はピクリッピクリッと反応し、肉茎を膨張させていく。

「すごいな。まだまだ大きくなる。はぁはぁ……。嬉しいよ。ボクでこれだけ感じてくれてるなんて……。本当に嬉しい……んっちゅ、ちゅぷっ、ちゅぅう」

亀頭に吸いつくようなキスをしてくる。チュウウッと軽く吸引されるだけで、自分の身体の内側にあるものがすべて吸い出されてしまうのではないか、という錯覚を覚えるくらいの愉悦を感じた。

「すごいの。おにぃちゃんのすごく大きくなってる……。お、おねぇちゃんばっかりずるいの！　かえでも、かえでもおにぃちゃんを感じさせてあげたいの！」

　プクウッと楓が頬を膨らませる。

「なら、一緒にするか？」

「いいの？」

「二人でやれば知樹はもっと気持ちよくなってくれる。知樹のためだ。だから構わないさ」

「わ〜い！　ありがとうなのおねぇちゃん♪」

　すぐに不機嫌さを消し、歩美に並ぶようにして楓も肉棒に顔を寄せてきた。ちょうど二人でペニスを挟みこむような形となる。

「楓ちゃんまで……」

「いいでしょおにぃちゃん」

　街を歩けば十人中十人が振り返ること間違いない美人姉妹が、二人揃って心なし頬を赤らめながらペニスに鼻息が届くくらいに顔を寄せているという状況に、頭がおかしくなりそうなほどに興奮してしまう。正直してもらいたい。でもこんなのおかしい気がする。

「何もおかしいことなんかない」

「そうだよおにぃちゃん。だってかえでたちはおにぃちゃんのことが大好きなんだから。だからね、むしろこうする方が自然なの」

そうなのだろうか？　いや、そうなのだろう——興奮状態でまともに思考もできず、あっさり結論に達する。

「う、うん。して……楓ちゃんお願い、して」

「わかった。それじゃあ頑張るねおにぃちゃん♪」

二人は瞳を細めつつ、口唇を肉茎に近づけると、左右から亀頭に対して同時に、

「んちゅっ」

「ふちゅうぅ」

口付けしてきた。

ねっとりと妖艶に肉先に絡みつくような歩美の唇と、プニプニと柔らかく亀頭に吸いつくような楓の唇。与えられる二つの刺激に、射精衝動がとぐろを巻くように下腹部からわき上がってくる。

蕩けそうなほどの快感——だが、これはまだ始まりにしかすぎない。

「んっちゅぷ、ぷちゅっ……。んっふぅ。ちゅっちゅっ……。はぁあああ……。まだ熱くなる。ボクの唇が火傷しそうなくらい、ち×ぽが熱くなってるぞ。はっちゅ、むちゅっ」

「はちゅっ、ちゅふっ……ちゅっちゅぅ……。あはぁ……。硬いの。硬くて、まだま

だ大きくなるの。そんなにかえでたちのチューが気持ちいいんだ。嬉しいな。もっと、もっともっともっともぉおおおっと、気持ちよくしてあげるね♥」

ペニスの反応に嬉しそうに笑うと、二人はより多くのキスの雨を降らせてくる。

チュッチュチュッと亀頭だけでなく、カリ首や肉茎、陰嚢──股の内側や、太ももに至るまで、ありとあらゆる場所に口唇が押しつけられた。

「うっあっ、うぁあああっ」

情けないけれど、漏れ出る声を抑えられない。

「気持ちよさそうね。知樹君……とっても可愛いわ。ふふ、それじゃあ、もっと気持ちよくしてあげるわね」

「も、もっと？」

これ以上一体何をするというのだろうか？

熱気でぼうっとしながら首を傾げると、疑問に答えるように朱音が胸元へと顔──唇を寄せてくると、ねっとりと舌を伸ばし、知樹の乳首に這わせてきた。

「え、そ、そんなところっ!? うっ、くううう。うあっ、あっあっ」

チロッと舌先が乳頭に触れた途端、電流のような刺激が走る。

「どう？　気持ちいいでしょ？　男の子もね、こうやって乳首弄られると感じるのよ。んれろっ、れろれろっれろぉ……。ほら、どう？　いいでしょ？」

乳輪をなぞるように舌が蠢く。ムチッとした肉感的な肢体をくねらせるように蠢かせつつ、唇を窄め、乳首を吸うようにチュッチュッと何度も口付けしてくる。

「くっ、あああっ。い、いいです。き、気持ちいい」

与えられる快楽は本物。否定することなどできなかった。切なげに腰を左右にくねらせてしまう。

「む～！　またママがおにぃちゃんを喜ばせてるの！」

「さっきは一人だけフライングしたくせにずるい。楓、ボクたちも頑張るぞ」

「うんっ！」

この様子を見た姉妹は顔を見合わせ、うんっとうなずいて気合いを入れると――

「ボクたちが勉強したのはキスだけじゃない」

「そうだよ。こんなことだってできるんだから――んれろっ、ぺろっ、れろっれろっれろ、れろぉおおお」

口付けだけじゃない。二人はピンク色の鮮やかな色をした舌を伸ばし、肉茎に這わせてきた。ねっとりとした熱く、妖艶な感触が肉茎に絡みつく。少し触れられただけで思わず腰を突き上げてしまうほどの肉悦を覚えた。

「あはっ、すごく反応してるの。んれろっ、むちゅるっ、れろっれろっれろぉ……」

「はぁはぁ……。本当に男のち×ぽって敏感なんだな。それとも、知樹が特別感じゃすいのか？　んれろっ、ちゅるっちゅるっ……。はふぅ。どうだ？　こんなのは気持ちいいか？　くっちゅ、ぷちゅぅ」

肉胴に舌を這わせるだけでは終わらない。ツツッとカリ首をなぞるような動きをしてきたかと思うと、そのまま歩美は亀頭に舌を密着させてきた。膨れあがった肉先を円を描くように舐めつつ、鈴口を上下に擦り上げてくる。クチュックチュッと肉先秘裂に刺激を与えられるだけで、ピンッと手足の指先を伸ばしてしまう自分がいた。

しかも、刺激は亀頭だけでは終わらない。肉先に奉仕を続ける姉をサポートするかのように、楓がペニスの裏筋を何度も何度も舐め上げてくる。まるで背中を指でなぞられた時のような、ゾクッとした性感を覚えた。

母娘によって敏感部に与えられる愛撫。これで感じないはずがない。当然のように肉先からはカウパー液が分泌され始めた。

「んっふ、なんか……先っぽから汁みたいなものが出てきたぞ。糸を引くほど濃い液だ。んちゅっ、ちゅっちゅくぅ。はぁはぁ……そ、そうか、これが先走り汁だな。れろっれろぉ……。んはぁああ……。す、少ししょっぱいな」

「そんなのき、汚いよ」

これを躊躇なく歩美は舐め取る。

「んれろっ……ちゅるっ、はふぅ……。汚くなんかないぞ。知樹の身体で汚いところなんかない。だから……こんなことだってできる……むもっ、んっ、んもぉ」

　小さな唇を開いたかと思うと、一切躊躇うことなく、肉棒を咥えこんでくる。

「うあっ！　くっふ、うぁあああぁ」

　肉棒全体が温かく、柔らかな肉の感触に包まれていく。

（歩美の……歩美の口に……。こ、これ、き、気持ちよすぎる！）

　口腔粘膜がペニスに絡みつく。この感触だけでペニスが爆ぜてしまいそうだった。

「んふっ……。ふーふーふー。お、おおひいな。ぼきゅのくひがさけひゃいそうら。ちょ、ちょっろくるひい……。んっふ、もっちゅ、もぼっ、れろれろ、ちゅぼぉ……。はふっはふぅ……。ふふ、れも……と、ともひがきもひよしゃそうな顔をしてくれるとうれひい」

　肉棒を咥えたまま、歩美は笑う。

「もっろ、もっろきもひよくしてあげりゅからな……。んっじゅっ、じゅぼっじゅぼっじゅぼっじゅぼぉ」

「くあっ！　ああっ！　そ、そんな……ううう、こんなの、す、すごすぎる」

　当然ただ咥えただけでは終わらない。すぐさま頭を上下に振り、口唇で肉茎を扱き出す。じゅずっ、ぬじゅっ、くじゅうっという下品な音が鳴り響くのもいとわない激しい口奉仕だった。

大きく開いた口端から、唾液がだらだらと垂れ流れ、肉茎を濡らす。

「おねぇちゃん涎ダラダラ流しすぎなの。んれろっ、れろっ、じゅずっ、ふじゅるぅうう。んっんっんんちゅう」

これを楓が舌で絡め取り、喉を鳴らして飲み干していった。とはいえすべての唾液を舐め取れるわけではなく、陰嚢が零れた汁塗れになった。

「おねぇちゃんのせいでおにぃちゃんのたまたまが汚れちゃったの。もう！　仕方ないからかえでが綺麗に舐め舐めしてあげるね♪」

「な、舐め舐めって――ほぅううっ！」

瞬間、生温かいものに陰嚢が包みこまれる。思わず情けない悲鳴を漏らしてしまった。

「んふふ、ちょっとおにぃちゃんのあしぇのあじがしゅるの。んふふ……おいひい。かえれがキレイキレイにしてあげりゅね」

楓は睾丸を咥えたまま笑う。彼女が一文字一文字言葉を発するたび、全身に痺れるような性感が走った。

「あはっ！　おにぃひゃんかんじへるの♪　ふふ、こうひゅうの、きもひいいの？　んぽっんぽっんぽっ、んちゅるるるぅ。んっふぅ……。こふやっへ、たまたましゅわれるのきもひいいの？　んじゅっ、じゅるるるるぅ」

ただ咥えるだけではない。舌を蠢かせ、睾丸に絡みつけてくる。かと思うと頬を窄め、吸引行動も行ってきた。

「くっ、ああ、い、いい！　そ、それ、き、気持ちいいよ」

気がつけば性感を認めるような言葉まで漏らしてしまう。

「むっ――。かえれれかんじへるのか？　らめだぞ。んじゅっ、じゅっぷ、くちゅっ、ちゅぼちゅぼ……はぁっはぁっ……。ぼ、ぼきゅらってがんばっへるんら。ちゃんと、んちゅっ、れろっ、くちゅぅっ……。じゅちゅるるぅ……こっひれも、きもひよくなりゅんら。はっちゅ、れろっ、もっ、おっも、ほもっ、もほぉお」

するとこれに対抗するように、歩美もより舌を動かし、口腔を窄め、肉茎への愛撫を強めてきた。

「それ駄目だ！　あっふぅう。よ、よすぎる。気持ちよすぎるから、だ、駄目だよ。や、止めて、そ、そんなに……そんなにされたら射精《で》ちゃうからぁ」

カリ首を窄めた口唇で締め上げられながら、口腔全体を使って亀頭を吸い立ててくる。下腹部にマグマのように溜まった白濁液をすべて吸い出そうとするかのような吸引に、視界に火花が散った。

「んっふ、はふっ……。ぶっふ、もっ、おもっ……。はふっはふっはふぅ……。す、すごひっ……もっもっもぉ。こっれ、こりぇ、ち、ち×ふぉ……おっおっ、ち×ふぉおおふぃくなっへる。あぶっ、はふぅ。もっもぉ、ぼきゅのあ、顎がはじゅれちゃいしょうな……んじゅっ、ぶじゅるっ……く、くらいらぞ」

愉悦に合わせて肉茎が膨らむ。膨張したペニスを咥える歩美が、苦しげに瞳を見開いた。とはいえ、決して熱い猛りを口から解放しようとはしない。それどころか、より深くまで肉茎を咥えつつ、溢れ出す先走り汁をひたすら舌で絡め取ってきた。

「んじゅぽっんじゅぽっんじゅぽっんじゅぽっ！」

まるでペニスを犯すような激しさで、頭を上下に振る。唾液に塗れた口唇でチュボチュボと竿を擦り上げられるたび、射精感が増幅し、肉棒はより大きく、硬く膨れあがっていった。

「ああ、すごいわ……。あんなに大きくなってる。歩美のお口が裂けちゃいそうなくらいに知樹君のおちん×んが膨らんでる。すごい、美味しそう……はぁあああ」

娘の淫らな口淫姿に、朱音は胸への愛撫を中断し、うっとりと瞳を細める。口を半開きにし、熱い吐息を漏らした。黒いショーツとガーターベルトが眩しいムチッとしたヒップを切なげにくねらせる。

「知樹君の味を思い出しちゃう……。我慢、我慢できないわ……」

そのまま朱音は知樹の頭をまたぐような体勢になり、ペニスへと顔を近づけてきた。

（あ、朱音さんの……朱音さんの下着が……）

目の前にショーツが突き出される。黒い下着のクロッチ部分は、すでにグショグショに濡れていた。黒い下着にできる黒い染み——。

(エッチすぎます)

より興奮が高まっていく。

「んくっ、まらおおきくなる。しゅごい、ろこまれ、ろこまれおおきくなりゅんら？　むっぽっ、んじゅう」

驚きつつも肉槍の半分までを咥えてくれる歩美。

「ねえ、歩美……。私にも、私にも舐めさせて」

そんな娘に母親がおねだりする。

「か、かあしゃん？　ら、らめよ。かあしゃんはさっきたっぷりあじわっはらろ？」

「わかってるわ。わかってるけど、我慢できないの。欲しいの。お願い。我が儘だってことは理解してるけど、ね……」

浅ましいまでに母は願う。懇願しながらクイックイッと腰を振る姿は、知樹の理性をドロドロに溶かしてしまいそうなほどに淫靡なものだった。

「……もふ、しかたのない母親らな。ほりゃ……んぽっ、ちょっろらけわけてあげゆ。くわえひゃらめらけど、なめしゃせてあげりゅわ」

淫らな母親の態度に根負けしたのか、咥えていたペニスを歩美は解放した。とはいえ、肉棒自体から唇を離そうとはしない。亀頭に口唇を押しつけ、アイスでも舐めるみたいに舌を動かしてくる。

「我が儘なお母さんでごめんなさいね。でも、ありがとう。それじゃあ……いくわね。んぺろっ、ぺろちゅっ、ちゅっちゅっちゅっ、んじゅっ、ちゅっく、むちゅぅ」

「ほんろに我が儘な母親ら。れも、きもひはわかる。らって、知樹のこりぇ……ち×ぽ……美味ししゅぎる。んっじゅ、じゅるっ、れじゅうう。はぁぁああ……。たまりゃない。なめへるらけなのに、なんらか頭がぼうっとしてくりゅ。んじゅっ、ちゅるぅ。くちゅくちゅ……ずちゅるるぅ……」

母と娘が揃って肉棒を舐めしゃぶる。絡まる舌と舌によって、蕩けるような性感を与えられた。

まるで夢でも見ているのではないかと思えるくらいに、あまりに非現実な官能体験。

だが、これは決して夢ではない。

夢と言うにはあまりに生々しく、あまりに心地よかった。

「むっ、うぶっ」

うっとりと性感に溺れる知樹の顔に、ペニスを舐める朱音の陰部が押しつけられる。

グチュッという湿った感触と、濃厚な牝の匂いが伝わってきた。

（朱音さんの……朱音さんの大事なところが押しつけられてる。朱音さんのあの綺麗なおま×こが僕の顔に……）

つい先ほど見たばかりの、美しく、淫靡な花弁の姿が脳裏に思い浮かぶ。

（こんなのが、我慢できるわけないよ！）

ついさっきまで童貞だった少年にはあまりに刺激が強すぎる事態だった。本能を抑えられない。舌を伸ばし、下着の上から花弁を舐める。

「んっくっ！　あああ、い、いいわっ！　いいっ！　んっちゅ、ふちゅっ、んっんっんんんんんんん」

舌先で秘裂を少し撫でるだけで、肢体が痙攣する。膣口からジュワリッと愛液がさらに溢れ出てくるのがわかった。

「あっふ、はっ、んっふ、あっあっあっ、んんんん。き、気持ちいい。はぁっはぁっ……お、美味しい。んんん……気持ちいい。おいひぃ！　んぽっ、ちゅぽぉ……」

熱に浮かされたように喘ぎつつ、舌をより亀頭に絡みつけてくる。

「か、かあしゃんらけじゅるいぞ！　むっちゅ、ちゅぶっ、くちゅっくちゅっくじゅっ。むちゅるぅ」

その母の姿に嫉妬するような言葉を向けながら、歩美もさらに舌を蠢かせ、口淫を激しいものに変えてきた。

舌で亀頭を舐め回され、鈴口にキスされ、吸い立てられるたび、射精感が大きくなっていく。熱気が上がれば上がるほど、ペニスそのものも膨張していった。

「かえでらけなかまはじゅれはやなの……。んぽっ……はぁっはぁっはぁっ……かえでも、かえでもペニス舐めたいの」

肉先にむしゃぶりつく母と姉の姿を見た妹も、ペニスへと顔を寄せる。

「んっちゅ……あっふ、んっんんっんっ……。そ、そうね、ああん。わ、私たちだけでこんなにお、美味しいものを舐めてちゃいけないわよね。んっ、くっふぁ」

「んじゅっ、れろっれろっれろっ……はふぁああ。い、いいじょ。んちゅっ、ちゅぶっ、はふぅうう……。かえれも、かえれも一緒にしひょう」

二人は口唇をペニスに密着させたまま微笑むと、一人分のスペースを空けた。

「わーい！　ありがとうなの。ママ、おねぇちゃん♪　かえでもたくさんたくさん、おにぃちゃんのペニスをペロペロするの♥」

朱音、歩美、楓——母娘三人による同時口奉仕が始まる。

「んじゅっ、ぺろっぺろっぺろっ、ちゅぶぅ。はふぅ……お、美味しいぞ。知樹のち×ぽ美味しすぎる。んっく、あじゅっ、ちゅぶる……舐めてるだけで、頭がおかしくなりそうだ。れろっれろっれろぉ」

「はふっ……あふぅ……。あっあっ、知樹君のおちん×んで、私のお口の中、すごく熱くなるわ。いいい。いいの。美味しすぎて、んんん、と、とろけひゃいそうよ」

「むっちゅ、むぅうう。はふっはふっはふぅ。すごいの。お、おにぃひゃんぺにしゅから溢れてくるお汁……じゅるる。んぎゅっ、んぎゅうぅ……。あふぁああ……。かえれのくひのなかに絡みついてくりゅ。こりぇ、ぺ、ペロペロ。ぺりょぺりょしてるらけれ、かえれの身体がドロドロになっちゃいしょうらよぉ」

ペニスを三人の舌が這い回った。亀頭を舐め、カリ首をなぞり、肉筋を舐め上げてくる。互いの舌と舌が絡み合い、唇と唇が触れ合うこともいとわず、ひたすら舌を蠢かす。

こんなものに耐えられるはずがなかった。大きすぎる快楽の中に、肉棒だけでなく、肉体そのものが蕩けてしまうのではないかという錯覚さえ覚えた。

「で、射精《で》ちゃうよ。そんなにされたらが、我慢できない。で、射精ちゃうから。駄目だ。も、もう駄目だよ！」

このまま射精すればみんなにぶっかけるような形になってしまう。かける。かけたい。みんなにぶっかけたい——駄目だという言葉とは裏腹に、欲望は増幅していく。

「んじゅっ、くちゅっくちゅっくちゅっ……ら、らひていいぞ。いや、らひてくれ。じゅぽっ、はぁっはぁっ……知樹のせーえきをか、かけてくれ」

「おにぃちゃんのせーし？　らひて、ほひい。かえれ、おにぃひゃんのせーし欲しいよ。んっじゅ、くちゅっ、ちゅぽっちゅぽっちゅぽっちゅぽっ！　いいひょ。たくしゃん。たくしゃんらひてね」

「んれろっ、えろぉおお……。はっはっはぁああ……。我慢なんかするひちゅようなひのよ。わらひたちは、ともひきゅんのザーメンを飲みたくて、飲みたくてしかたがないんらから。らから……んちゅっ、ちゅぶっ、くちゅっくちゅっくちゅっ……らひて、ザーメンわらひたちにぶっかけへ」

三人は知樹の想いに応えるように、より肉棒に口唇を押しつけ、無茶苦茶に舌を蠢かせてきた。

最早限界。これ以上我慢などできない。

「射精るっ！　射精るよっ！」

「らひてっ！　んっじゅ、わらひにザーメンのまへてっ！」

「せーし、おにぃひゃんのせーし♪」

「ち×ぽがビクビク震えてりゅ。我慢しないれ、だひてくれ。ぼきゅたちできもひよくなってくりぇ！　んっちゅ、じゅっず、れろっ、んじゅっ、むふぅ」

亀頭に密着させた唇で、一斉にジュルルルルッと吸引行動を開始する。

「も、もう！　絶頂《イ》くっ！　絶頂くよっ!!　射精るっ」

瞬間——目の前が真っ白に染まった。ドクンッと肉茎が震え、肉先に向かって熱気が増幅していく。ペニス全体が激しく痙攣し、ドビュッドビュッと鈴口から濃厚な牡汁を吐き出すように撃ち放った。

「むっふっ！　あぶっ、むっぷぅ!!　おっぶ、むぶぅ」

「あっじゅ、しゅごっ、しゅごいの♪　おにいひゃんのしぇーししゅごい！」

「ああ、射精《で》た。ザーメン射精たわ。あむっ、ふっ——むふぅうう」

白濁液が三人の口周りを、頬を、額を、首筋を穢す。母娘の美しい顔は、まるでゼリーパックでもされているのかと思うくらいに濃厚な汁塗れとなった。

「あっふ、はぁっはぁっはぁっ……ああ、ご、ごめん。み、みんなの顔に……」

解放感にも似た性感を覚えつつ、三人に対して謝罪する。

「はぁっはぁっはぁっ……き、気にする必要はないぞ。これを求めたのは、ぼ、ボクたち自身だ……。ああ、すごい、グチョグチョだ……」

「そうだよおにぃちゃん。謝らなくていいの。それどころか……あはぁああ……か、かえでたちの方がお礼を言いたいくらいなの」

「ふふ、わ、私たちで……こ、こんなに気持ちよくなってくれてありがとう。こんなに射精してくれてありがとうね。はぁっはぁっ……ああ……本当に濃厚だわ。これで三回目の射精だなんて思えない……。熱くて、臭くて……とっても美味しそう」

朱音は自分の顔に絡みついたものを指先で拭い取り、熱に浮かされたような表情で指の間で糸を引く白濁液を見つめると――

「はじゅっ……んっじゅ。ちゅるちゅる……。はふっ、あっあふ……。あっ、あっあっあっあっあはぁあ♥」

ぱくっと指を咥え啜り、こちらの顔に腰を押しつけながら達した。

チュウチュウと自分の指を吸いながら、心地よさそうに瞳を細める。ビクッビクッと肢体が何度も痙攣した。ジュワッと溢れ出す愛液が鼻頭を濡らす。

「あはっ……はぁああ……。よ、よかったわ♥」

腰が浮く。ニチャッと鼻先とショーツのクロッチ部の間にねっとりとした糸が伸びた。

「……す、すごい。母さん気持ちよさそうだ。これ……知樹の精液で絶頂《イ》ったのか？ああ、ボクも、ボクも絶頂きたい。知樹の精液で絶頂きたい」

「かえでも、かえでもおにぃちゃんのせーしで気持ちよくなりたいの。あはぁ……。これれ、これを舐めればいいんだよね？」

母親に続くように、娘たちも指先で白濁液を絡め取り――

「んちゅっ」

「ふちゅうう……なの」

躊躇なく咥えた。

「あ、これ……お、美味しいぞ。んっちゅ、ちゅるる……、あっ、なんか、すごい。く、口の中に絡む。んじゅっ、じゅるるるぅ……。はっふ、熱いのが、か、身体の中に広がっていくぞ」

「ちゅぱちゅぱ、くちゅるぅ。あんんん。すごいの。染みてくる。これ、おにぃちゃんのせーし……かえでの、かえでの中に染みてくるみたい。んんんん……。なんか、これ、なんか――」

うっとり顔で二人はチューチュー指を吸い――。

「あっあっ、ふぁあああああ」

「くっひ、あっ、あっふ。ふんんんんん」

母親と同じようにビクッビクッと肉体を震わせた。

「あっ、あはっあはぁあああ……。な、なんだこれ？　き、気持ちいい。ボク……ボク……飲んだ。せーえき飲んだだけで、い、絶頂《イ》ってしまった……」

「か、かえれも……あ、あはぁあああ……。はぁはぁはぁ……。かえれもなの。かえれもいっひゃった。おにいひゃんのせーえきらけれ、いっひゃたよぉ。ろうひて？　飲んだだけなのに？」

姉妹はうっとりとした表情を浮かべ、熱い吐息を漏らす。

「どうしてって……それはもちろん。あなたたちが知樹君のことが好きだからよ。好きで好きで、大好きすぎるから。精液を飲んだだけでも絶頂っちゃうの。だって大好きな人のお汁なんですもの……」

「そうかも、そうかもしれないの……。ああ、もっろ、もっろ飲みたいの。ああ、んっちゅ、れろっれろぉ」

「そうだ。きっと母さんの言うとおりだ。知樹のだから、こんなに……。はぁああ……。ああ、もっと……もっと……もっと飲みたい。ちゅくっ、ちゅっちゅれろっ、れろぉっ」

まるで熱に浮かされたように、姉妹は互いに顔を近づけると、互いの顔にこびりついた白濁液を舐め取り始めた。

「二人だけでずるいわよ。ふふ、お母さんも仲間に入れて……んっくっ、ふちゅっ、はふっ、んっんっんんんん。はぁっはぁっはぁっ……あはぁ。美味しい。美味しいわ。んっく、美味しすぎて、また、また絶頂っちゃいそうよ」

そこに朱音も加わる。

母娘は舌を伸ばし、ひたすら白濁液を舐めとりながら、

「あっく、すごいっ！　い、絶頂くッ！　絶頂くわ♥　んっく、絶頂くっ！　絶頂くぅ」

「美味しいの。美味しくて、かえでの口の中に絡んでくるの。んふぅぅぅ、あっあっ

あっ……熱い。熱くて、これ、美味しすぎて、おかしくなる♪　かえでお、おかしく、おかしくなっちゃうのぉ♥」

「なぜだ？　ど、どうひてら？　こんな、こんな——た、ただ、ただ飲んでるだけなのに。せーえき舐めてるだけなのに。き、気持ちいい。気持ちいいんだ。はっく、んぎゅっ、ごきゅっごきゅっごきゅっ……い、絶頂っく。飲むだけで、せーえきだけでボク……絶頂く！　絶頂くぅっ♥」

三人同時に快楽の頂に達した。

「あっ……はふっ、あっふ……んちゅっ、れろっ、ふちゅぅ……。もっろ、もっろ飲みたいわ」

「まら、まらまらあいっぱひあるのぉ」

「知樹のせーえき、あはぁあ……。美味しい。んぎゅっ……ちゅぷっ……んごきゅぅ。んぐんぐんぐぅぅ」

そうして達してもなお、三人は舌を蠢かせ、牡汁を貪り合う。

（すごい。みんなが……みんなが僕のを舐めて、飲んで……い、絶頂ってる……）

浅ましささえ感じる姿を呆然と知樹は見つめる。

朱音、歩美、楓——好きな女性と少女が、口周りを牡汁塗れにする姿に、生まれてからこれまで感じたこともないほどの興奮を覚えた。

　刹那――ドクンッと心臓が脈打つ。

「うっ、あっあああ、な、なんだ？　なんだこっれ？　うあっ、うあああああ！　あ、熱い。こっれ、熱い。熱いよ!!」

　それと同時に、肉体が燃え上がりそうなほどに火照り出すのを感じた。特に下腹部――肉棒が熱くなっていく。発熱でもしているのではないかと思うほどの熱量だった。

「ど、どうして？　うっく、あっあっ、射精した。射精したのに……こんなっ、なんでっ!?　うあああ、熱い。熱いぃいいい！」

　白濁液を撃ち放ったばかりだというのに、射精前よりも肉棒が硬く、熱くたぎっていく。亀頭はより膨れあがり、小さな子供の手くらいはあるんじゃないかと思えるくらいに、肉茎は太さを増した。

　しかも、ただ勃起しただけじゃない。

「ど、どうなってるのこれ？　だ、射精したい。射精したい。せーえき射精したい！」

　ムラムラとした欲求が爆発しそうなほどに膨れあがってくる。ドクッドクッと疼く肉棒によって、頭がどうにかなってしまいそうなくらいだった。

「……どうやらクスリが効いてきたみたいね」

　拘束されたまま、もどかしげに腰をくねらせていると、うふふっと朱音が笑った。

「く、クスリ？」

そう言えばさっきもそんなことを言っていたような気がする。

「ど、どういうことですか？　何をしたんですか!?」

「……知樹君には悪いと思ったんだけど、ちょっとした精力剤を打たせてもらったの。私が調合した特製のクスリよ」

打たせてもらった——意識を失う前の注射器を思い出す。

「私が調合って……あ、朱音さんってれ、歴史教師でしたよね？　というか、そ、それよりも……ど、どうしてですか？　なんのためにクスリなんて……」

「なんのため？　もちろん……あなたを私たちみんなで共有するためよ。私たちは三人——でも知樹君は一人。精力剤でも使わないと、あなたの身体が保たないでしょ？　あなたに勝手にそういったクスリを打ったことは謝るわ。許されることじゃないってこともわかってる。だけどね、すべてはここに来てしまったあなたが悪いのよ」

「そ、そんな……うっく、うあっ、うぁあああ」

肉棒が脈打つ。

射精したい。白濁液を撃ち放ちたい——頭の中は欲望一色に染められていく。

「うふ、すごくビクビクして、大きくなってる。射精したくて射精したくてたまらないって感じよ。はぁ……なんか、私まで欲しくなってきちゃう。そのままってのも可哀想だし……すぐに気持ちよくしてあげるわね」

顔を赤くし、口を半開きにしながら、熱い吐息を朱音は漏らす。

「母さんは駄目だ。母さんは一度してるだろ？」

「そうなの！　ママは駄目なの!!　かえでだっておにぃちゃんのペニス欲しいんだから！」

発情した母親に対し、娘たちの抗議が飛んだ。

「ちょっ——そ、そんなに責めなくたっていいじゃない。その……そ、それくらいお母さんだってわかってるわよ。もう……。はじめから今回は二人に譲ってあげるつもりだったんだから！」

とか言いつつも、どこか未練があるような視線でこちらを見つめてきたが、今の知樹に人のことを気にしている余裕はない。

「それで、どっちがするの？」

「……もちろんボクだ！」

「かえでなの!!」

当然のように二人同時に名乗りを上げる。

「むむむ」

「う～～！」

　二人は睨み合う。バチバチッと目と目の間に火花が散った。

「ボクは譲らないぞ！　ボクのま×こはもうグチョグチョに濡れてるんだ。これ以上我慢なんかできない！」

「それはかえでだって同じなの!!　かえでもおま×こ……おにぃちゃんのペニスが欲しくてジンジンしてるんだから!!」

　どちらも一歩も譲る気はないらしい。

「はぁ……。まぁこうなるとは思ったけど。それじゃあ……ここはまずはお姉ちゃんからにしなさい」

「えっ⁉　なんでなの？」

「……お姉ちゃんは一応もう知樹君とキスまで済ませてるのよ。その……我慢できなくてしちゃったけど、お母さんだって元々一番最初は歩美にさせてあげるつもりだったんだから。五年も待ったんですもの……それくらい譲ってあげましょう」

　朱音は優しく微笑むと、そっと楓の頭を撫でる。

「……う、うん。ママがそう言うなら……」

　しばらくの間母親と姉を見比べた後、妹は少し不満そうながらも納得した。

「そういうわけだから、頑張ってね」

　優しく姉に笑いかける母。

「……そう言って誤魔化そうとしてるけど、フライングのことは後でお説教だから」

「う、ううう……歩美ちゃん厳しい」

＊

「……それじゃあいくぞ」

朱音と楓が見守る中、ギシッとベッドの上に下着姿の歩美が乗る。

（歩美のアソコ……濡れてる。し、染みになってる……）

ベッドの上に仁王立ちになる幼なじみ。視界に映ったショーツのクロッチ部分は、ぐっしょりと濡れそぼっていた。下着の色は青。このため、黒だった朱音のものよりも染みが目立つ。

（うあ、し、したい！　歩美と！　歩美としたいっ!!）

ただでさえ理性を苛む情欲が、さらに大きく膨れあがっていく。ドクンッドクンッという肉棒の脈動によって、頭がどうにかなってしまいそうなほどだった。

「はぁっはぁっはぁっはぁっ……」

瞳を見開き、歩美の陰部を凝視する。

「そんなに焦るな。大丈夫。すぐにボクの身体をたっぷり味わわせてやるからな」

赤い顔をして口元にはうっすらと笑みを浮かべつつ、歩美はブラジャーを外す。ブルンッと瑞々しい上向き加減の美しい形をした乳房が露わになった。すでに乳頭はビンビンに勃起している。大きめだった朱音とは違い、乳輪の形はバランスがいい。ただ、乳首は母親のものよりも長いように見えた。

「こっちもだ」

次にショーツに手をかけると、ゆっくりそれを引き下ろしていく。ニチャアアッと膣口とクロッチ部の間に幾本もの愛液の糸が伸びた。

視界に歩美の秘部が映る。

(ああ……こ、これが歩美の……)

一瞬肉体の昂ぶりさえも忘れ、幼なじみの秘部に見入った。

染み一つない美しい白い肌に、薄めの、整えられた陰毛。その間から覗き見える秘裂はクパッと左右に開き、ピンク色の柔肉を覗かせている。呼吸に合わせて蠢く肉襞は愛液に塗れ、妖しい輝きを放っていた。クパッと開く膣口からは、一切の汚れを感じない、幾重にもビラビラが重なっていた朱音の妖艶な大人の生殖器とは違う。無垢な少女の純粋な花弁だった。

ゴクリッと喉を鳴らす。

(し、したい……。したいしたいしたいしたいしたいしたい！　挿入《い》れたい！　歩美のアソコに……ま×こに僕のを……僕のち×こを挿入れたい。セックス。セックスしたい！　歩美と一つになりたい!!)

同時に情欲が一気に噴き出す。ペニスはより硬く、熱くたぎり、カリ首が大きく傘のように開いた。

「すごい目だな。まるで野獣みたいだ。見られるだけで濡れる。はぁあああ……」

ホウッと息を吐きながら、歩美は腰を下ろしてくると、慈しむようにこちらの頬を撫でてきた。伝わってくる手のひらの感触だけで、ビックンビックンッと肉棒は反応を示す。

「こんな形でのセックスでごめんな……。でも、好きだぞ知樹。ずっとずっと好きだった。その気持ちは本物だ」

そんな状態で想いを伝えてくる。

「ぼ、僕もだ。僕も好きだ！」

クスリの効力でまともな思考力などないけれど、歩美からの告白はなぜかすんなりと心の奥底まで染みこんできた。

「嬉しいよ」

本当に嬉しそうに瞳を細めながら、歩美は顔を寄せてくると――

「んっ」

「んちゅっ……。んんんんん」

唇に唇を重ねてきた。

「……これで四度目だな。そして――これが五度目だ」

最初のキスは触れるだけ。が、すぐさまもう一度口付けしてくる。

「――んっむ!! ふっちゅ、むちゅっ、ちゅるっ……むっふ、ふむっ、むふぅう……。むちゅっ、ちゅぶっ、くちゅっ……ふちゅるぅ」

今度は舌を挿しこんできた。本能のままにむしゃぶりつくようなディープキス。朱音のように男を喜ばせるようなねっとりとした技巧はない。けれど、口付けしているだけでなんだか身体だけでなく心まで温かくなってくるような気がする。歩美の愛情がそのまま唇を通して伝わってくるようなキスだった。

「んっふ、はぁ……はふぅ……。んっんっ、ちゅっちゅっちゅううぅ……。そ、それりゃあ……んっちゅ、いきゅぞ」

「い、いく?」

何をするつもりだろうか?

口付けを続けながら、ぼうっとする頭で首を傾げると、疑問に答えるように幼なじみの手が伸び、ペニスを握った。手のひらを通じて歩美の体温が伝わってくる。ドクンッと震える肉棒。その先端部が、グチュリッと膣口に添えられた。

「んっふ、はふぅうう」

肉先に熱い花弁の感触が伝わってくる。粘膜同士が擦れ合っただけで、歩美の肢体が痙攣した。

（くうっ！　絡んでくる。歩美のヒダヒダがち×こに絡む。耐えられない。い、挿入れたい！　挿入れたいっ!!）

拘束され、腰の動きも制限されている状態で、必死に知樹は腰を前後に振り、グチュッグチュッグチュッと媚肉に肉先を押しつける。

「んっく、あっああっ……。んっちゅ、むちゅっ、ちゅぶる……。はぁっはぁっはぁっ……。そ、そんなにあ、あしぇるなぁっ！　あっ、くふぅ」

花弁に肉棒を押しつけながら少し腰を振るだけで、すぐさま歩美も甘い嬌声を上げ始めた。クスリを使ったというわけでもないのに、相当興奮しているらしい。膣口から溢れ出した愛液が、肉茎を伝って流れ落ちてくるのがわかった。

「あ、焦るなって……んっんっんっ……い、言われても。もう我慢できないよ。このままじゃお、おかしく……おかしくなっちゃいそうだ」

「わかってる。んっく……ふちゅっ、ちゅぶぅ……。はぁっはぁっはぁっ……。ボクらって……知樹が欲しくて仕方ないんだから。らから……い、挿入れるぞ」

ぐちゅっ、ぬじゅるうっ——ゆっくり腰が下ろされる。

「んっく、くふぅうう」

肉先が媚肉を押し開く。熱く、柔軟で、淫靡な肉の海の中に、肉棒が沈みこんでいった。

ペニスに膣壁が絡みついてくる。朱音のぎゅぎゅうと絡みつきつつも、どこかねっとりとした淫靡さを感じさせる締めつけとは違い、まるでペニスを押し潰そうとするかのような激しい締めつけだった。

「くっうぁあああ。すごい、こ、これが……これが歩美のま×こ……。うあああ、き、気持ちいい。気持ちいいよ」

肉先を挿入しただけでも、射精しそうなほどの心地よさを覚える。

「ふ、ふふ……。ぼ、ボクで感じてるのか？　う、嬉しいよ。でも、ま、まだこんなものじゃないよ。ほら、まだ……まだ挿入《はい》る。くっふ、まだまだお、奥に……はぁっはぁっ、はいるっ。んっちゅ、ちゅうう」

眉間に皺を寄せつつも、嬉しそうな表情を浮かべながら、さらに歩美は腰を下ろしてくる。ズブズブと肉棒が膣道を押し広げていく。ブチブチブチッと何かを引き裂くような音が聞こえた気がした。

そして――

「んっく、はぁあああああっ！　くっふ……はぁっはぁっはぁっ……。は、挿入った。ぼ、ボクの奥まで……。知樹のがは、挿入ったぞ……」

ついに膣奥までペニスが到達する。

「ああ、す、すごく熱い。ボクの膣中が……ひ、広げられてる。くっふ、ふぐっ、はぐぅうう……。熱いのがボクの膣中……ま、ま×こでドクドクっていってるのがわかるよ」

結合部からはタラリッと破瓜の血が一筋流れ落ちた。

「ど、どうだ？　ぼ、ボクのま×こはき、気持ちいい？」

「う、うん。気持ちいいよ。最高だ。す、すぐにでも射精ちゃいそうなくらいだよ」

この言葉には嘘も誇張もない。

ペニスだけでなく、全身が歩美の身体と一つになり、溶け合っているような感覚だった。肉棒を通じてすべてが吸い出されそうなくらいの肉悦を感じる。ペニスを通じて伝わってくる胎内の熱気に、これ以上ないというくらいの幸福感を覚えた。

「歩美は？　大丈夫？　痛くない？」

だが、だからといって自分だけが感じるわけにはいかない。気持ちよくなるならば歩美と一緒がいいと、クスリの効力で増幅された本能や射精感に苛まれつつもそう思った。

「だ、大丈夫だ。そ、そりゃ確かにす、少し痛い……。でも、そ、それ以上に嬉しいんだ。こんな形でだけど、はぁっはぁっはぁっ……知樹と一つになれてう、嬉しい。知樹をぼ、ボクの膣中に感じてるだけで幸せなんだ」

こちらの胸板に巨乳を押しつけながら、潤んだ瞳を向けてくる。その姿がたまらなく可愛らしく、綺麗で、愛おしかった。

「もう一度……き、キスしていいか？」

「うん」

「んっ……んちゅっ、ちゅっちゅっちゅっちゅぅうう」

再び歩美は唇を重ねてくる。これに応えるように、彼女の口腔に舌を挿しこみ、グチュグチュと口内を本能の赴くままにかき混ぜた。

「はっふ、むっふ、むっむっむふぅ……。はぁっはぁっはぁっ……ああ、す、すごい。キスに合わせて、まだ、まだ大きくなる。ボクの膣中で……ち、ち×ぽがまだお、大きくなってくる。ああ、熱い。すごく熱いよ」

ドクンッドクンッと脈動しながら肉棒は膨張していく。

「あ、歩美。も、もう我慢できないよ」

肉棒の膨らみに合わせるように、脳髄を焦がすような本能がより強く、大きく増幅してきた。

「射精したい。射精したいんだ！　歩美に……歩美に射精したいっ!!」

「わかった。そ、それじゃあう、動くぞ……くっ、んっんんん」

求めに応じるようにゆっくりと歩美は腰を振り始める。

「くっ、すごい。ボクの膣中《なか》がち、ち×ぽで、ぐちゅぐちゅ擦られてく。うっく、あっ、んっんふぁああぁ」

ジュズルルッと膣奥から肉棒が引き抜かれていく。膨れあがったカリ首がこの動きに合わせて膣壁を摩擦する。これが刺激となったのか、ヒクリッと歩美は全身を震わせた。

「だ、大丈夫？」

「もちろんだ。こ、この程度……な、なんの問題もない。んくっ、んんっんっはふぁ。だ、だから、ボクの、ボクの身体で、え、遠慮なく気持ちよくなってくれ」

問題ないと言いつつも、まだ破瓜の痛みは消えていないらしく、腰を振るたびに眉間に皺を寄せ「んっく、ふっぐ」と口からはくぐもった吐息を漏らす。このためかグラインドも実にぎこちないものだった。

だが、その動きも徐々に改善していく。腰を振れば振るほど、蜜壺からは愛液が分泌され、肉茎に絡みついてくる。溢れ出す女汁が潤滑剤となり、ピストンをスムーズなものへと変えていった。

「んあっ……。んっふ、あっあっあっ、あんっ」

ジュポッジュポッジュポッと結合部からはリズミカルな音が響き始める。これに合わせるように、歩美が漏らす悲鳴にも甘い響きが混ざり始めた。

「な、なんっかこれ、き、気持ち、気持ちよくなってきたぞ。んっ、んふっ、くふぁっ……はぁっはぁっ……。身体がピリピリする。知樹ので奥を突かれると、身体中が熱くなる。こ、これっ、ボク……感じてる。知樹のち×ぽで感じてる♥」

肉棒で感じ始めたのがよほど嬉しいのか、うっとりと瞳を細め、さらに膣奥まで肉棒を咥えこむ。ジュブッと結合部からは圧力で愛液が押し出された。

「初めてなのに……こんな、せ、セックスなんては、はじめてなのっに、感じてる。ぼ、ボク……ボク……気持ちいい♥ あっあっあっ。くっふ、んんんん」

ギシッギシッギシッ——腰の動きに合わせてベッドが軋んだ音を奏でる。歩美が一定のリズムを刻むような音色を、淫らに腰を振って奏でているのだと考えるとそれだけで、興奮が増していく。

「いい？ 気持ちいい？ と、知樹も……ぼ、ボクで感じてる？」

腰を振りながら、両手でこちらの頬を覆い、鼻息が届くほどの近距離でそんなことを尋ねてくる。

紅潮した頬。半開きになった口。額から流れ落ちる汗。潤んだ瞳——。すべてが妖艶であり、淫靡だった。

「ああ、感じてるよ。すごく感じてる。気持ちいい。最高だ。いいよ。歩美のおま×こ、気持ちよすぎる。歩美、あゆみぃっ！ んちゅっ、んんんん」

「――んんんん!?」

拘束された不自由な状態のまま唇だけを突き出してキスをすると、舌を挿しこみ乱暴に口腔を貪る。

この異常状況に陥ってから、こちらからキスしたことは一度もなかったため、歩美は戸惑い、瞳を見開く。けれどもすぐに落ち着きを取り戻したらしく、挿しこんだ舌に自らも舌を絡めてきた。

「くちゅっ、んっちゅ……。はふっはふっはふっ、んんんん」

舌と舌を絡め合い、唾液を交換し合う。深く口付けすればするほど、結合部はより熱く火照り、蜜壷の締めつけはきついものに変わった。ギュウッと肉茎が絞られる。

「くっ、うぁあああ!」

膨れあがる射精衝動。ペニスが爆発しそうなほどだった。

「も、もう我慢なんかできないよ! あ、歩美!!」

大きすぎる性感を前に、受け身でなどいられない。手足の自由がないままに、必死に腰を振り始める。

「あっく! んんっ! はふっ。あっ、お、奥。ぼ、ボクのま×このお、奥の奥まで……ち、ち×ぽが挿入ってきた。んっく、あっんっちゅ、ふっふっふぐっ。こ、これ、と、届く。ボクの奥まで知樹のが届くよ! あっあっあっ」

ズンッと膣奥を突くと、歩美は弓のように背中を反らした。

「いい。お、奥を突かれるの、あ、んんんん。き、気持ちいい。いいっ、いいよ！　知樹のち×ぽいい♥　も、もっと、もっとボクを突いてくれ！」

「もちろんだ。最初からそのつもりだ！」

求められるまでもなく、腰を振って振って振って振って振りまくる。この動きに歩美もグラインドを合わせてきた。

二人の腰が淫らにくねり合う。腰と腰がぶつかり合うたびに、グチュッグチュッと愛液が飛び散り、ベッドシーツに染みを作った。

「お、おねぇちゃんすごいの。とっても気持ちよさそうなの。かえでも、かえでも欲しくなっちゃう」

「おま×こがグショグショ……。はぁあああ。知樹君のおちん×んもあんなに大きくなってる。ああ、すごいわ。あんな太いので膣中をグチャグチャにされたら、すぐに絶頂《イ》っちゃいそうよ」

知樹たちのセックスを見ている二人も興奮したのか自分の秘部に手を伸ばし、グチュグチュと切なげに秘部を弄り出す。

そんな二人からの視線などお構いなしに、知樹たちは絡み合う。

そして——

「お、大きい。すごく大きい。こんなの、こんなのだっめだ。気持ちよすぎる♥　あっあっ♥　ち×ぽ、知樹のち×ぽよすぎて……も、もう——ボク、ボクもう、我慢できない。これ、た、耐えられない。い、絶頂《イ》っちゃう。絶頂っちゃうよ」

ついに歩美が限界を告げてきた。

その言葉が事実であることは、肉壺の締めつけをペニスで直に感じている知樹にはよくわかる。

実際蜜壺はすでにドロドロに蕩けているのではないかと思うほどに濡れきっていた。ただでさえ狭い膣がより小さく収縮し、きつく肉棒を締めつけてくる。

「ぼ、僕もだよ。もう射精《で》る。射精るよ！」

ペニスも最早限界だった。

「だ、射精《だ》して♥　射精してくれ。たくさん、たくさんせーえきだ、射精してくっれ。ぼ、ボクの、ボクの膣中に流しこんでくれぇ」

「うん、射精す！　歩美の膣中に射精す。歩美のま×こを僕のザーメンでいっぱいにしてやる！」

どじゅっどじゅっどじゅっどじゅっどじゅっどじゅっ——互いに相手を壊してしまうのではないかと思えるほどの勢いで腰を振る。

一突きごとに締めつけがきつくなり、一突きごとに肉棒の太さが増していった。

「お、大きい。ぼ、ボクのま×こがいっぱいになるくらい、ち×ぽが、ち×ぽが大きくなってる。ああっ、飛ぶ。こんなの、飛んじゃう。こんなっので、突かれたら、ボク――もう、もううっ！」

「射精《だ》す！　絶頂《イ》くっ！　絶頂くよっ!!」

チカッチカッと視界が明滅した。溜まりに溜まった射精衝動が、尿道に向かって一気に噴出していく。

「あ、歩美ぃいいいいっ！」

ずじゅううっ――止めとばかりに肉棒を膣奥に打ちつけた。

「ふひっ！　あ、お、おっく、あっあっあっあっあっ♥　おっく、きた。ボクの奥に、ち×ぽがち×ぽがき――」

瞬間、鈴口が開き、ドクドクと痙攣する肉棒から多量の白濁液が膣中に向かって撃ち放たれた。

「あっ、あっあっあっあっあっ――で、でってる。熱いのが、熱いのがぼ、ボクのな、なっかに、おま×この膣中《なか》に射精てるっ！　すごい。ひ、広がってくる。膣中に、ぼ、くのなっかが、あ、熱いので、熱いのでいっぱいになる」

肉茎が震えるたびに、熱液が溢れ、蜜壺に注がれる。

「すっごい。こ、これ、あっあっ、き、気持ちいい♥　い、絶頂くッ♥　絶頂くよ！

はぁっ❤
はっ❤
はぁっ❤
きゅんっ❤

絶頂くぅっ!!」

歩美の猫のような瞳が見開かれた。眉根が切なげに曲がる。肢体がビクビクと激しく痙攣し——

「くっふ、あっあっあふぁあああ」

どびゅっ、びゅぶううっと結合部から愛液を飛び散らせながら歩美は達した。

「あ、はぁあああ……。す、すごい。こんなに……はぁはぁ……こんなに気持ちがいいなんて。熱いよ。うっふ、はぁああ……。ボクの膣中、知樹のせーえきでいっぱいだぁ……。はふ、あはぁあああ……。好き、好きだぞ知樹……」

ヒクッヒクッと肢体を快楽の余韻で震わせ、結合部からは愛液と流しこまれたばかりの白濁液を漏らしながら、歩美が想いを伝えてくる。

「ぼ、僕もだよ。よかった。すごく……よかった。大好きだよ歩美」

頬を桜色に染める幼なじみの姿に、愛おしさがこみ上げてきた。彼女の想いに改めて応えながら、知樹はそっとその唇にキスをする。

「ボクもだぞ……んっんんん」

口付けするだけで、意識が吹っ飛びそうになるくらいの性感を感じた。

＊

「次はかえでの番なのおにぃちゃん」

歩美がベッドの上から退くと、待ってましたとばかりに今度は楓が――下着を脱ぎ捨て、全裸を晒し――ベッドの上に乗ってくる。

ブルンッと姉より大きな乳房が揺れた。形は丸いお椀型。触れれば手のひらに吸いついてきそうなくらいに、とても柔らかそうだ。が、楓の乳房最大の特徴は大きさではない。

「ち、ちょっと恥ずかしいからあまり見ないでなの」

顔を赤く染めながら指で隠そうとする乳頭部は、完全なる陥没乳首だった。

しかも、楓の肉体的特徴はそれだけでは終わらない。

知樹は次に剝き出しの下腹部へと視線を向ける。

視界に映る幼い秘裂には、一本の陰毛も生えてはいなかった。

(楓ちゃん……ぱ、パイパンなんだ)

隠すものがないため、秘部が剝き出しになっている。フェラチオを行ったり、歩美とのセックスを見ながら秘部を弄っていたためだろうか？　花弁は姉と同じくクパッと開いていた。白い肌の中に覗き見える鮮やかなピンク色の肉が艶めかしい。

(濡れてる……楓ちゃんのおま×こもぐ、グショグショになってる)

分泌された愛液がツツッと太ももを垂れ流れ落ちていく。子供とは思えないあまりに淫らな姿に――

「う、うあっ！　ま、またっ!!　くっ、あ、熱い。あそこが、あそこが熱いっ！」

　またも陰部が火照り始める。歩美に射精したことで一度は落ち着いたはずなのに、再び全身を焦がすような焦燥感がわき上がってきた。

「どうして？　なんで？　い、一度射精したはずなのに……。なんでこんな？」

「なんでって、言ったでしょ知樹君。みんなで共有するためにクスリを打ったたって。一回の射精くらいじゃ満足なんかできないのよ」

「そ、そんな……。くっ、あああああ」

　挿入れたい。ち×ぽをま×こに突っこんで、好きなだけ射精したい——増幅する本能が理性を浸食し始める。

「おにぃちゃんつらそうなの。すぐにかえでが助けてあげるからね」

　姉がそうしたのと同じように、妹も知樹の身体の上に腰を落としてくる。

「かえでもおにぃちゃんとチューするの♪」

　そしてにこっと笑うと共に——

「んちゅっ、むっ、ふちゅっ……。にゅちゅぅぅう……」

　唇に唇を重ねてきた。当然のように舌も挿しこんでくる。

「んっく、ふちゅっ……。んふーんふーんふー。ふふ、ろう？　かえでのチュー。おねぇちゃんよりじょーずでしょ？　ふむっ、あっふ、むふっ……。んふふ。んれろっ、ふちゅぅうう」

言葉通り、技巧も何もなかった歩美のキスとは違う。ねっとりと口内に絡みつくような、濃厚な口付けだった。

クチュクチュと舌が蠢くたびに淫靡な音が響く。ただ舌と舌を絡めるだけではない。時には口腔粘膜に舌先を這わせ、時には歯の一本一本を舐めてきた。その上で下唇を甘噛みし、チュウウウッと吸引までしてくる。

唇と唇が離れると、互いの口の間に唾液が糸を引くほどに濃いキスだった。

「ふふ、どう？　はぁはぁ……この日のためにママに教えてもらってきたの。気持ちよかったでしょ？　もうかえでのおま×こにペニスを突っこみたくて仕方なくなってるでしょ？　おにぃちゃん♥」

「う、うん。挿入れたい。挿入れたいよ！」

ビクビクッと肉棒を震わせながら、必死にうなずく。ペニスから感じる焦燥感——耐えられそうにない。

「おにぃちゃん子供みたいなの。可愛い。それじゃあ、挿入れさせてあげるの」

ペニスを握り、肉先をクチュッと膣口に押し当てると、楓は腰を落とし始める。亀頭が歩美のものよりも小さく、狭い膣口を押し広げた。ほんの少し先端を挿入れただけでも、ペニスが食い千切られてしまうのではないかと錯覚するほどの締めつけを感じる。

（は、挿入《はい》ってく。楓ちゃんの膣中に僕のち×こが挿入ってく。ああ、できるんだ。楓ちゃんとセックスできるんだ！）

肉棒を楓の奥まで突っこみ、射精することしか考えられない。

だが――

「あっ、くっ、い、いたっ！　痛い。駄目。痛い。これむ、無理なのぉ」

悲鳴と共に落とされていた腰が上げられる。当然挿入は途中で中断されてしまった。

痛々しいまでに硬く、熱くたぎった屹立に対して、楓の蜜壺は明らかに幼く、小さすぎたのである。

「か、楓ちゃん！　こ、こんなのひどいよ。途中で止めるなんて我慢できないよ」

けれども彼女を気遣う余裕はない。それどころか先端部だけでも一度挿入したことにより、より肉棒を焦らすような感覚は大きなものとなっていた。自然、楓を責めるような言葉を向けてしまう。

「……わ、わかってるの。も、もう一度するの。ごめんねおにぃちゃん」

これに律義にも謝罪の言葉を向けてくると、再び楓は膣に肉棒を挿入しようと腰を落とした。

「んっく、い、痛いのッ！」

しかし、やはり挿入することができない。

何度も何度も繰り返したが、結果はすべて同じだった。

「も、もう駄目だよ楓ちゃん。おかしくなる。こんなに焦らされたら……あ、頭がおかしくなっちゃいそうだよ」

ドクッドクッドクッと爆発しそうなほどに胸が脈打っている。耐えがたい焦燥感に、何度も空腰を振ってしまう。

「ちょっとこのままじゃ知樹君が可哀想ね。仕方ない……ここは私が……」

「いや、ボクが！」

この様子を見ていた母親と姉が腰を上げようとする。

「だ、駄目なの！　おにぃちゃんを気持ちよくさせるのはかえでなの!!」

「そうは言うけど、今のままじゃ知樹君を苦しめちゃうだけよ」

「ボクは知樹がつらそうな姿は見たくない」

「わ、わかってるの。かえでだっておにぃちゃんを苦しめたくないんだから……」

家族の言葉にうぅっと妹は押される。

「お母さんだって楓の気持ちはわかるわ。でも……このままでどうするの？」

「どうって……そ、その……」

チラチラと横目でこちらを見つめてくる。苦しむ顔と、勃起するペニスを何度も見比べてきた。

　そして――

「わかったの!!」

　ピコーンッと楓の頭の上に電球マークが灯った――のが見えた気がした。

「何か思いついたのか？」

「そうなの！　おま×こが駄目なら……。こっちの穴を使えばいいの!!」

　指を伸ばし、クパッと尻の穴を開いた。


「あ、あんまり無理はしなくても……」

　自分の上にがに股状態でしゃがみこむ楓の肛門に、ギジュッと肉先が触れる。尻の穴を通じて楓の体温が伝わってくるのがわかった。正直言うとこのまま肉奥までペニスを突きこみたい。

　膨れあがる本能――それを必死に抑えこむ。挿入れたくて仕方がないけれど、本物の妹みたいな少女の尻を犯すのなんてしていいことではない気がした。

「さっきまで我慢できないよ――とか言ってたのに、今さら無理しなくてもなんて言葉はなしなの。お尻はママのローションでたっぷり濡らしたし、大丈夫なの」

　ニチャアッと尻の中からローションが溢れ出してくる。楓の体温のためか、粘液はなんだか生温かかった。

「それじゃあいくの」

「か、かえでちゃ――くうう」

　腰が下ろされる。ミヂイイッと肉棒が小さな肉穴を押し広げ、直腸へと沈みこんでいく。無理矢理肉穴を巨棒で抉っていくような感覚が走った。

「んっふ――おっ、ふっぐ、んっんんっ――お、大きい。こっれ、お、おにぃちゃんのぺ、ペニス――や、やっぱり大きいの！　ふっぐ、くふっ、むふぅうう」

　膣を刺し貫こうとした時と同じように、眉間に皺を寄せた苦しそうな表情を浮かべる。

「あ、な――これ、かえでの身体に穴が開けられてくみたいなの……。はふっ、すごい。熱い。おにぃちゃんのペニス熱いのぉ。ふっぐ、くふっ、おっおふぅう」

　それでも膣口の時のように動きを止めようとはしない。くぐもった声を漏らしつつも腰を止めることなく、ついには根元まで肛門に挿入した。

　キュウッと肛門がきつく肉棒の付け根を締めつけてくる。それでいて腸内は柔らかく、包みこむように竿やカリ首、亀頭を刺激してきた。うねるように腸壁が律動しているのがわかる。

「かっふ……。んっく、はぁっはぁっはぁっ……。すごい。お、おにぃちゃんのペニちいい？」

スでお尻の穴がさ、裂けちゃいそう。き、気持ちいい？　かえでのお、お尻……気持ちいい？」

楓は全身から汗を吹き出していた。肌を真っ赤に紅潮させ、肛門をヒクヒク痙攣させる。かなりつらそうな姿だ。だというのに、こちらを気遣うような言葉を向けてくる。クスリで発情しきった心にも染みてくるような優しさと愛情が嬉しかった。

「き、気持ちいい。すごくいいよ。僕のを……楓ちゃんのお尻が締めつけてくる。僕のものが溶けちゃいそうだよ。すぐに射精ちゃう」

だから素直に快楽を口にする。

「えへへ、そうなんだ。よ、よかったの」

「でも、か、楓ちゃんはだ、大丈夫なの？」

「うん。その……ちょっとは苦しいの。でも、お、おま×この時みたいにい、痛くはないから大丈夫なの。これ、おま×こと違ってきっと毎日うんちしてるからだよね。だから、太いのにも慣れてる感じ」

無邪気に笑う。

「う、うんちって……」

妹のような少女の口から漏れた露骨な言葉に、ドクッと腸内で肉棒が跳ねた。

「あはっ♪　か、かえでの中でおにぃちゃんのが反応したの。おにぃちゃんえ、エッチなんだから〜。でも、そんなエッチなおにぃちゃんも好きなの。だ、だから……たっぷりかえでで気持ちよくなってね♥」

本当に嬉しそうに微笑むと共に、楓はゆっくりと腰を振り始める。

ずじゅっ、ずじゅるるるっと、腸奥まで突きこんでいた肉棒が引き抜かれていく。蠢く腰。腸壁でカリ首を撫で上げられるような感覚が走った。バチッバチッと視界に火花が飛びそうになるくらいの性感を覚える。ペニスが根元から引き抜かれてしまうのではないかと思えるくらいの締めつけだった。

(すごい。ほ、本当に挿入ってる。僕のが楓ちゃんのお尻の穴に挿入ってる)

肛門から肉茎が引き抜かれていくのが見える。ローションや腸液でグチョグチョに濡れる竿。ペニスに肉汁が絡みつく淫靡な光景と、ずっと妹のように思ってきた少女の姿がまるで繋がらない。違和感さえ覚えた。

異常な状況——その異様さが、情欲を高め、脈打つペニスを膨張させていく。

「ま、まだ……まだ大きくなるの。おにぃちゃんのぺ、ぺにっす……ま、まだ、まだ大きくなってるの。おっ、ふっく、おっおっ……こ、これ、なんだかお、大きすぎて、い、息がつまりそうなの。ふぐっ、むっふ、ふぅうう」

膨れあがった肉棒により、肛門がまたも押し広げられる。

「でも、ちょ、ちょっとく、苦しいけど……そ、それだけ、それだけおにぃちゃんが感じてるってこ、ことなんだよね。だから、だから……ふぅっふぅっ……が、頑張るね。かえで、頑張る。頑張るから……はぁっはぁっはぁっ……いっぱい気持ちよくなってね♥」

苦しそうに歪む表情。それでも、腰の動きを止めようとはしない。それどころか、おにぃちゃん気持ちよくなって♥ といわんばかりに、より淫らに腰をくねらせてくる。

「おっ、ふっく、ふほっ、ふっ、ふんっふんっふんっふんっふんんん」

じゅぼっじゅぼっじゅぼっ——腰を振るたびに淫らな音色が鳴り響く。肛門から腸液やローションが飛び散ってしまうこともいとわない。ブルンブルンッとお椀のように大きなバストを揺らし、ひたすら腰をグラインドさせてきた。

引き抜かれていく肉棒に合わせ、ピンク色の肛門が外側に引き出される。まるで尻穴がペニスに喰いついているようにも見える光景だ。そうして引き出された淫肉は、挿入に合わせて今度は内側に巻きこまれていく。プルップルッとこの動きに合わせて尻肉が痙攣するような反応を見せた。

バチンッと腰と腰がぶつかり合い、腸奥に肉棒は到達する。

「はふっ、ふくぅううう」

そのたびに獣のような吐息を部屋中に響かせた。

楓が漏らす獣のような嬌声に、肉棒を締めつける腸壁の悦楽に、本能が熱く疼く。際限なしに情欲が膨れあがっていくのを感じた。

(もっと聞きたい。楓ちゃんの声を……。鳴かせたい。もっともっと楓ちゃんを鳴かせたい！　もっと奥まで楓ちゃんのお尻を犯したい!!)

理性が溶け、本能だけが肉体を支配していく。我慢することなどできない。できるはずがない!!

欲望の赴くまま、ドジュッと腸奥を突く。

「ふっくっ！　おっ、ふっほ、お、奥。お、おっおっ、か、かえでっの、お、奥まで、お、おにぃちゃんのぺにっすが、き、きたっの。おっふぅ。こ、こっんな、い、いきなりなんて……はふっはふっはふっ……。い、息がつまっちゃうのだ、駄目なのお、おにぃちゃん……そ、そんなにしったら、駄目なのぉ」

こちらが唐突に動き出したことにより、一瞬動きが止まった。くりっとした瞳が、瞳孔が開きそうなくらいに見開かれる。

けれども容赦はしない。いや、容赦するだけの余裕などなくなっていた。

(射精したい。楓ちゃんの中――楓ちゃんのお尻に射精したい！)

増幅していく本能のままに、腸奥に肉棒を叩きつける。

「おっ、おふっ!!　おっおっおっおっおっ！　は、はげっし、そっれ、激し、激しすぎるのぉお、おにぃちゃん。ふっく、むっ、ふむぅうう！」

ズンッという突き上げによって、楓の小柄な身体が跳ねた。もちろんそれ一回だけでは終わらない。ズンッズンッズンッズンッと一定のリズムを刻むように、躊躇うことなく腰を振り、腰を振り、腰を振る。

腰と腰がぶつかり合うたびに、尻肉が波打ち、乗馬マシンにでも乗っているかのように肢体が揺れた。

「こ、こわ、こわれっちゃうの。そんなっに、さ、されたら……おっふ、ふっほ、おっおっおっ、お、おしっりが、かえでのおっしりが、こ、こわ、壊れちゃうのぉ。ふっひ、ふひっふひっふひぃいいい」

パンパンパンッという乾いた音が響き渡る。

「知樹の突き上げ……すごい。楓のお尻が赤くなってる」

「おちん×んでお尻の穴がグチョグチョになってるみたいね。はぁあああ……。あんな風に私も無茶苦茶に突かれたいわ」

自分たちに向けられる大切な人たちの視線を感じた。

好きな人たちに見つめられながら、彼女たちの娘であり、妹である少女の尻を犯すという倒錯した状況に、ただでさえ消えかかっていた理性がドロドロに溶けていく。

（見て。もっと、もっと見て。僕が楓ちゃんを犯す姿を見て！　尻を犯されて感じまくる楓ちゃんを見てっ!!)

　二人に見せつけるように、手足を拘束されたままの状態で、ひたすら腰だけを振り、腸奥に肉槍を打ちこみ続けた。

「やっ——やっなのぉ。くっふ、んんんん。み、みられってる。ママと、おねぇちゃんが見てるの！　や、やぁ。と、とめって、止めてなのぉ。おにぃちゃん。は、はずかっしい。恥ずかしいのぉ」

　二人の視線に楓も気付く。

　最初から見られていることは承知の上のはずだったのだろうけれど、改めて意識させられたことで羞恥を感じ始めたらしい。両手で恥ずかしそうに顔を隠した。

　それでも止まることはできない。それどころかむしろ、羞恥に塗れた姿をもっと見たくなり、突き上げ速度は増していった。

「はっふ、おっくっふ、おっおっおっ、だっめ。ママとおねぇちゃんに見られるの恥ずかしいの。とっめ、とめって、あっふ、ふほっ、んふぅうう。も、もう止まってなのぉ」

　今にも泣き出しそうな顔をして、楓は首を左右に振る。

　けれども、恥ずかしいと言えば言うほど、腸壁による肉茎への締めつけはきつくなってくるのを、知樹は感じていた。溢れ出す腸液の量も増していく。クパッと開いた花弁からは、涎のようにダラダラと愛液が垂れ流れ出していた。

「恥ずかしいって楓ちゃんは言うけど……。お尻……すごく僕のち×こを締めつけてるよ。もしかして、見られて感じてるの？」

「そ、そんなこっと、な、ないのっ。かえでは、み、見られて感じたりなんかしな、しないの」

「でも、あそこからはお汁がダラダラ流れ出てるよ」

「そ、それは、それは違うの」

「何が違うの？　こうやって……お尻の奥までち×こでズブズブ犯されて、感じてるんでしょ!!」

無邪気で積極的だった楓が羞恥を感じている姿に、興奮を覚え、さらに膨張した肉槍で腸奥まで刺し貫く。

「ふっひっ！　ふひぃいいいいい！」

ブシャアアッと膣口が開き、愛液が飛び散った。

「まるでお漏らしみたいだよ」

「やっ、ち、違うの。違うのぉ！」

「何が違うの？　ほらっほらっほらっ！　お母さんやお姉ちゃんに見られながら、こうやってお尻をち×こでぐしゃぐしゃにかき混ぜられて感じまくってるんでしょ」

より羞恥を感じさせるために言葉で責めながら、直腸を無茶苦茶に蹂躙する。ジュボジュボとカリ首で腸壁を刺激しまくった。

「おっほ、ふっほ、おっおふっ、ふほぉっ！　ちっがう。かんじってない。かえでは感じてないっの。感じてないのにぃ！　ふっひっ、ひっひっひっひぃいいい」

感じてないという言葉とは裏腹に、言葉責めを行えば行うほど、漏れ出る獣みたいな嬌声の中に、甘い響きが混ざり始める。

「すっごく気持ちよさそうだね楓ちゃん。その証拠に……おっぱいも顔を出してきたよ」

「――え？　あ、や、だ、駄目なの。これは、これは違うの。違うのぉ」

性感を証明するように、今まで隠れていた乳頭部が勃起し、顔を出す。そのことを告げてやると、よほど恥ずかしいのか、両手で必死に両乳房を隠した。

「何が違うの？　感じてるんでしょ？　お尻の穴をズボズボち×こでかき混ぜられて感じたから、乳首がビンビンになっちゃったんでしょ？　ほら、こういうのがいいんだよね？」

本能のままに腰を振る。

「ふっく、むっ、ふっく……おっおっおほぉおお」

ひたすら腰と腰をぶつけ合い続けた。

腰を振るたびに、直腸が熱く火照っていく。肉棒が押し潰されそうなくらいに、膣壁が収縮してきた。

「ち、ちがうっ！　違うのっ!!　おっおっおっ、か、感じてない。かえでかんじてなっいの、ない……は、はずなのに……ふっほ、むっ、ふほぉおお！　らっめ、なんっか、お、しり……おにぃちゃんのペニスでお、お尻ズボズボされてると、なんか、あ、熱くなってくるのぉ。んっんんんんん。じ、ジンジンする。かえでの奥がジンジンするのぉ」

ついにはこちらのピストンに応えるように、再び楓も腰を振り始める。

「なんかこれ、う、うんち……うんちしてるみたいで、き、気持ちいいのぉ」

互いに腰をくねらせ、互いに腰をぶつけ合う。どじゅっどじゅっどじゅっどじゅっ——湿った水音が結合部から室内に響き渡った。

「だっめ、なんっか、なんかきちゃうの。熱い。こっれ、かえで、い、絶頂《イ》きそう。絶頂きそうになってるの。あっふ、ママとおねぇちゃんが見てるのに、お、おっしり、お尻で絶頂っちゃいそうなの」

「いいよ。絶頂って。お尻で絶頂くところを見せて！　僕も……僕も絶頂くから。楓ちゃんのお尻に射精するから！」

膣壁が痙攣しているのがわかる。言葉通り間違いなく絶頂が近いのだろう。

はぁっ
はっ
あっ あっ あっ
はっ
はっ
ずぷリッ
ぷしっ

絶頂かせたい。自分の手で楓を絶頂に導きたい——自然と腰の動きが早まっていく。

「だ、駄目だよおにぃちゃん。そ、そんなには、激しくしたら。ほ、ほんっとに、ホントにかえで絶頂っちゃうの！　だ、だから駄目。はっふ、おっ、ふっほぉおお……。ま、ママたちに見られな、がら絶頂くのは……んんんん……恥ずかしいか、らぁ！」

「そう言うけど、楓ちゃん……自分で腰を振ってるよ。絶頂きたくないなら、これを止めないと」

「そ、そんなことい、言われても……む、むっりだ、よ……んっぐ、ふほっ、んっふ、ふんっふんっふんっ……。き、気持ちよすぎるんだもん。こっれ、気持ちいい。いいの♥　おにぃちゃんのぺにっすで……おっおっおっ、なっか、お、お尻の中ズボズボされるのよすぎるのぉ♥　だ、だからむっり、止まるのなんて無理なのぉ」

勃起した陥没乳首を揺らしつつ、ドチュッドチュッと腰を振る。繰り返し肛門括約筋で肉茎を扱き上げられた。

ピストンのたびに肉棒は膨張していく。今にも破裂してしまいそうなくらいに、亀頭が膨れあがった。

「も、もう駄目だ。射精る！　射精るぅっ!!」

脳髄から性感がスパークするように溢れ出す。全身に広がっていく肉悦が睾丸に溜まり、熱いマグマとなって肉先から噴出した。

「ふっひ！　おっ、ふっほ、んほぉおおお！　す、すっごい。ビクビクッて、かえでの中でビクビクッていってるのぉ♥　い、絶頂くッ！　これ、絶頂っく。絶頂くの♥かえで、かえで我慢できない！　絶頂っちゃのぉ♥」

直腸を白濁液が埋め尽くす。それと同時に楓は肢体を激しく痙攣させ、達した。

「あ、熱い……。お、おしりっのな、なか、熱いの。はっへ、おふぅう……。き、気持ちいい。おにぃちゃんのせーし、す、すごく、き、気持ちいいのぉ♥　はふっはふぅ」

ジュワアアッと花弁からは蜜を、全身からは甘ったるい発情臭を含んだ汗を分泌させながら、うっとりと楓は瞳を細めた。

そのままゆっくりと上半身を倒してくる。ギュニユゥッと巨乳が胸板に押しつけられた。

「お、おにぃちゃんのせいで……ま、ママたちの前で絶頂っちゃったの。はぁっはぁっはぁっ……お、おにぃちゃんの意地悪」

ぷくっと頬を膨らませる。

「ごめんね楓ちゃん」

「ふんだっ！　許さないのっ!!　って、言いたいところだけど、許してあげるの。だって……だって……」

潤んだ瞳を向けてくる。

「……かえでは……おにぃちゃんのことが大好きだからね。だから許してあげるの。ふふ、好きだよ、おにぃちゃん♥」

恥ずかしそうに微笑みながら、チュッと唇にキスをしてきた。

＊

（うあっ、ぼ、僕……な、なんてことを……なんてことをしちゃったんだぁっ!!）

二度の射精を終え、クスリの効力が切れると、冷静な心が戻ってきた。

正直言うと身悶えしたくなる。

ほとんど襲われたようなものとはいえ、下宿初日に市ノ瀬家の母娘全員と関係を持ってしまったのだ。はっきり言って異常事態である。なんだか自分が本当に節操のない人間のように思えた。

「そんなに悩む必要はないわ」

けれど、朱音が優しい言葉を投げかけてくれる。

「そうだよおにぃちゃん。おにぃちゃんは何も悪くないの」

母親に楓も続いた。

「……悪いのはボクたちのほうだ。本当にすまない」

歩美に至っては謝罪の言葉まで向けてくる。

「でも、わかって欲しいんだ。ボクたちがこれだけ本気でキミのことを——知樹のことを想っているってことを。好きなんだ知樹が！」

「おにぃちゃんのことが大好きなの!!」

「……こんなおばさんが相手じゃ嬉しくないかも知れないけど、愛してるの」

みんなが自分を見つめ、想いを伝えてきた。

五年ぶりの再会とはいえ、家族みたいに育ってきたみんなのことは、まっすぐな瞳を見ればわかる。誰も嘘をついていない。

（みんな……本当に僕のことを好きでいてくれてるんだ……）

これほど嬉しいことはなかった。

「こんなことをしておいて……こんなことを言うのは卑怯かも知れないけど、これからも私たちの家にいてくれる？」

「おにぃちゃんが一緒じゃないとイヤなの……出ていったりしないよね？」

「ボクは知樹と離ればなれになりたくはない」

どこかこちらの返事を恐れるような表情を三人は浮かべる。その姿になんだかズキズキと胸が痛んだ。みんなの悲しそうな顔は見たくない。

「で、出ていったりなんかし、しないよ……。その、ち、ちょっと驚いたけど……僕も、僕もみんなのことが好きだから」

本心からの言葉だった。

この返事に三人は手をつなぎ「わぁあああ」と声を上げると、飛び跳ねるように喜ぶ。心の底からホッとしたような表情を浮かべた。

「それじゃあこれからも末永くよろしくね知樹君」

「おにぃちゃんとず～っと一緒なの♪」

「……知樹……嬉しいよ。ボクは……ずっとこんな日が来るのを待ってた」

三人が一斉に抱きついてくる。ギュウッと顔に押しつけられる巨乳。柔らかな感触がとても心地よく、幸せだった。とはいえ息がつまる。

「わっぷ、苦しいよ。その……こ、これ……外してもらってもいいかな？」

未だ肉体は拘束されたままであることを、ジタバタ藻掻きながらアピールした。

「っと、そうだな。忘れてた」

「ごめんねおにぃちゃん」

慌てたように姉妹が頭を下げてくる。

「そうね……外さないと。でも、その前に……ちょっと約束してもらいたいことがあるんだけどいいかしら？」

拘束具の鍵を持った朱音が、そんな言葉を向けてきた。

「約束？　その、なんですか？」

「ふふ、簡単なことよ。その……知樹君……私たち三人と付き合うってことでいいのよね？　その上での約束よ」

「は、はぁ……」

三人と付き合う——という言葉にドキドキと胸が高鳴るのを感じながらうなずく。

「で、その、約束ってのは？」

「まあそんなに難しいものじゃないわ。つまりこういうこと——」

そう言って朱音は〝約束〟を口にした。

「まず、私たちと付き合うからには、私たちの誰かが一緒でないところで他の人と話をしては駄目よ。私たち家族以外と話をしたら、浮気になるってことを忘れないでね。で、当然、家を出る時は私たちの誰かといつも一緒に家を出ること。一人で出ていったら、やっぱり浮気よ。それからオナニーも禁止。右手に浮気をしちゃ駄目よ。それから、テレビも私たちと一緒に見ること。自分が好きな番組を見ちゃ駄目。私たちよりテレビの方が好きなんて耐えられないから。その流れでなんだけど、漫画とか小説を読むのも禁止よ。二次元の嫁なんて絶対に許せないから」

ニコニコと微笑みながら告げてくる。

「と、まぁこんなところかしら？」

「……後はゲームをしちゃいけないとかくらいなの。おねぇちゃんはなんかある？」

「いや、そんなところだ。まぁ簡単な約束だろ？　別に今さら改めて確認する必要もないことばかりだ。これくらい知樹なら簡単だろ。なぁ？」

無邪気に歩美が同意を求めてきた。

「――え？　あ、そ……そう……。そう、だね……」

乾いた笑いを浮かべながらうなずく。

（本気？　三人とも本気で言ってるの？）

とは、なぜか聞き返すことができなかった。

冗談……だよね。

「やったわね。ふふ、ついに知樹君と一つになっちゃった。うふふ、嬉しい。お母さんすごく嬉しいわ」

「嬉しいのは母さんだけじゃないぞ。ボクだって最高の気分だ。こんな日が来て欲しいってずっと思ってたけど、まさか本当に夢が叶うなんて思ってもみなかった。本当に……本当に……。うううう……」

「あ〜おねぇちゃん泣いちゃったの。普段偉そうにしてかえでのこと子供扱いするくせに、一番子供っぽいの」

「う、うるしゃい。仕方ないだろ……。ぐすっぐすっ……ボクは……ボクはずっと、ずっとこの日を待ってたんだから」

「嬉しくて泣いちゃうなんてやっぱりおねぇちゃんは子供なの」

「むむむ～」

「うふふ。って、それよりも、わかっているわね二人とも。私たちの計画が始まったばかりだってことを」

「……もちろんだ母さん。本番はここから……。楓もわかってるな？」

「当然なの！」

「わかっているならいいわ。頑張りましょうね。私たちの幸せのために！」

第三章 日常 朝から晩までハーレム天国

それから半月が過ぎる。

母娘三人と恋人同士になった知樹の日常は、あの日以来天国と呼んでも過言ではない日々となった。

ひたすら三人と交わり続けるただれた官能の日々に――。

＊

朝――下半身に温かく、グチュグチュと絡みついてくるねっとりとした感触を覚え、知樹は目を覚ました。

「うっあっ、こ、これって……」

身体が蕩けそうなほどに心地いい。ふと視線を下腹部へと向けると、掛け布団がこんもりと膨らんでいた。その中で何かがもぞもぞと蠢いている。それは一体なんなのか？　なんてことは、正直考えるまでもなかった。

「お、おはよう」

バサッと布団をめくり、朝の挨拶をする。

「おふぁよう知樹君♥」

「おにぃひゃん……んっちゅ、んっ、ちゅっちゅっちゅっ……おはようなの♪」

「おはよう知樹。今日もいい天気だぞ。ふむっ……もっふ、んもっ、ふ、むぅ」

そこには市ノ瀬家の母娘がいた。

三人はショーツ一枚だけを身に着けた姿で、乳房で肉棒を挟みこみつつ、胸の間から覗き見える肉棒に舌を這わせていた。

ギュウッギュウッと押しつけられる乳房で肉茎を扱かれる。竿に絡みつくような柔肉の感触が心地いい。ほんの少し肢体を動かされるだけで、ペニスは爆発しそうなくらいに震えた。

肉先からは濃厚な先走り汁が溢れ出す。

「はぁ……知樹のち×ぽ……もうこんなに濡れてる。んっちゅ、むっむっむふぅ……。こっれ、これが、気持ちいいのか？　ふむっ、むふぅう。はちゅっ、れろぉ……。こうやって舐められるのがいいのか？」

竿を乳房で押さえつけつつ、伸ばした舌で肉先を舐め回してくる。

「はうっ、くっ、い、いいよっ！　それ、す、すごくいいっ!!」

よくないはずがなかった。ほんの少し舌先で刺激されるだけで、肉棒は快感に打ち震える。ビクビクと震えながら膨張率を上げていった。

「おねぇちゃんだけずるいの。かえでだっておにぃちゃんのペニスをペロペロしてあげたいんだから！　ほら、いいでしょ。んちゅっ、れろっれろっれろぉ」

姉によって感じる姿に多少嫉妬を覚えたのか、割りこむように楓が舌を伸ばしてくる。ほんの少しざらついたような舌の感触に、腰が跳ねた。

「むうっ！　邪魔をするな。今はボクの番だぞ！　んくっ、ちゅろっ、ちゅぷっちゅぷっちゅぷぅ……」

「んむっ、はむぅ……。そんらの関係ないの。おにぃちゃんはかえれがき、気持ちよくひてあげ……んっちゅ、はちゅぅ……りゅんらからぁ」

姉妹が争うように舌先を蠢かしてくる。

「もう、喧嘩したら駄目よ。知樹君は……私の方がいいわよね？　んれろっ、ちゅぷっ、くちゅっちゅっちゅぷ……。はふっ、むふぅう……」

するとそこに朱音が割りこんだ。

娘たちから肉棒を奪うようにハムッとペニスを咥えると、ねっとりと舌を蠢かせ始める。

「くあっ、そ、それ、すごいです。朱音さん。き、気持ちいい。よすぎます。が、我慢できません。そんなにされたらす、すぐに射精《で》ちゃいます」

やはり娘たちとは経験が違う。ほんの少し舐められるだけで、あっという間に射精衝動は抑えられないほどのものになってしまった。増幅する性感に流されるがままに、自然と腰を上下に振ってしまう。

「むっぶ！　もふっ!!　んっも、おっおっおっ、ふもぉお。もっちゅ、ふちゅるぅ」

ズンズンッと喉奥を何度も突く。苦しげな声を朱音は漏らした。けれど咥えたペニスを離そうとはしない。それどころかより舌を肉茎に絡めてくる。口唇と竿が擦れ合うジュポッジュポッという音が響いた。

「ああ、おにぃちゃんが感じてるの!!　駄目！　かえででも、かえででも感じて！」

「くっ、母さんばかりずるいぞ！　知樹も母さんでそんなに感じるな!!　どうだ、こ、これでどうだぁ」

零れ落ちる唾液に塗れていく肉棒に、姉妹がグチュッグチュッと乳房で激しく刺激を与えてくる。

パイズリと口淫――二つの刺激に腰が浮く。身震いするような性感を覚えた。

「射精るっ！　射精るぅっ!!」

耐えられるはずがない。

鈴口が朱音の口内でパクッパクッと口を開き、ドビュルッと濃厚なザーメンを解き放つ。

「むぶっ！　もっ、むっむっむふぅううう」

その量は尋常ではない。

「おっぶ、むぶっ！　おぶぅううっ！」

一瞬でぶくっと朱音の頬が内側から膨れあがるほどである。しかも、それでもなお射精は終わらない。

「うっぶ——へぶぅっ！」

ついに口腔では受け止めきれなくなったのか、咥えていた肉棒を朱音が離した。

ぶびゅっぶびゅっぶびゅるるるっと、肉先からは白濁液が弾ける。まるで水道の蛇口を捻ったかのような勢いだった。

「あぶっ、す、すごっ……ふぶぅう！」

「ああ、おにぃちゃんこっれ、多すぎるのぉっ!!」

朱音だけでなく。歩美、楓の二人まで精液塗れとなる。顔はぐしゃぐしゃに、胸はドロドロになった。

「相変わらずすごい量だな……。んぶっ、じゅるっ、ふちゅっ……。むっふ、うちゅっ、むっむっ、うむぅううう!!」

「はぁあああ……。おにぃちゃんのせーし……かえでに絡みついてくるの。あはぁ♪とっても美味しそうなの。むちゅっ、ふじゅっ、うじゅるるる……。あっあっあっ、ふぁあああああ♥」

二人はそれを指ですくい取り、舐めしゃぶりながら達する。

「ふふ、ふはりほも、ほっへもきもひよはほうね……。わ、わらひも……。んぎゅっ、ごきゅっごきゅっごきゅっ――んっんっ、んんんん。い、いっぷ、ともひきゅんの、じゃ、じゃーめんおいひくて、い、いぎゅっ、いぎゅうう」

そんな絶頂する娘二人の姿を見つめつつ、母親も口内にたっぷり溜まった白濁液を飲み、豊かな肢体を震わせた。

そうして達しつつ、なお喉を鳴らし、口腔の白濁液を飲み干していく朱音だったが――


「んぶっ、げほっ、うえっ、げほぉおおっ」

途中で噎せ、口内の白濁液を知樹の下腹部に零す。

「大丈夫ですか?」

「けほっ、うぇえ……。ふぅふぅ……だ、大丈夫よ」

ポタポタと口腔から下腹部に白濁液の糸を伸ばしながら、心配かけまいと微笑む姿が実に官能的だった。

「でも、勿体ないことしちゃったわね。ごめんね知樹君。はぁっはぁっはぁっ……。せっかくお口に出してくれたのに……。本当にごめんなさい。すぐに……すぐに綺麗にしてあげますからね」

「き、綺麗にってな、何を？」

「もちろん……こうするのよ。んれろっ、れろぉおっ……」

朱音の行動に躊躇はない。下腹部を汚す白い汁に顔を近づけると、舌を伸ばしベロッベロッと濃厚汁を舐め取り始める。

「んっく……あっ、ふっ……んっふぁああ♥　ああ、んちゅっ、れろっ、ちゅれろっ……はっふ、んんんん♥　ああ、美味しい。美味しすぎるわ♥　こんな、の……んぎゅっ、ごきゅっごきゅっ……い、絶頂っちゃう。あっふ、何度も、何度も絶頂っちゃうわ♥」

舌で絡め取った白濁液を喉奥に流しこむたび、朱音は肢体を震わせ、快楽を口にした。

「……か、母さんだけずるいぞ」

「かえでもおにぃちゃんを綺麗にするの!!」

直接知樹の下腹部を舐める母の姿に、嫉妬心を剝き出しにした二人もこれに加わる。

「知樹を綺麗にするのはボクだ！　れろぉおおお……。ふっちゅ、むっ――はふっ、あっ、んぎゅっ、んぎゅっんぎゅっんぎゅっ……。あ、はぁあああ……。ああ、すごく濃くて、ぼ、ボクの口の中に染みこんでくるみたいだ。ああ……最高だ♥　あっく、あっあっあんんんん」

レロォッレロォッと大きく舌を動かしながら歩美は達する。

それとは対照的に、楓の舌の動きはそれほどではなかった。その代わり――

「んじゅっ、じゅずるるるぅっ……。んっぷ、けぷっ……。じゅるるるぅ……。はふっはふっはふぅ……♥　こりぇ、かえでの舌がおかしくなっちゃいそうなの。喉の奥をおにぃちゃんの熱いお汁が流れてくだけで、すごく感じちゃうのぉ♥」

頬を窄めジュルルルルッと下品な音を響かせて啜ってくる。顔を白濁液塗れにしながら、濃厚汁を啜る姿が実に卑猥だった。

「もう、これはお母さんのなのよ！　二人ともとっちゃ駄目ぇ！　んれろっ、れろっれろっ、れろ……。ごきゅっごきゅっ……んじゅるるるぅ……。んぐっんぐっ……。あっは、はぁあああ♥」

娘たちに負けまいと張りきる母は、舌で白濁液を舐め取りつつ、唇を窄めて吸引を行い、繰り返し達する。

三人の見せる痴態は、思春期少年にはあまりに強烈なものだった。

「ああ、我慢できない。我慢できないよっ!!」

尋常でない量の精液を撃ち放ったにもかかわらず、再び肉棒は硬く、熱くたぎっていく。

半月前以来、毎日のように食事に混ぜられた精力剤を飲まされてきた結果が、はっきりとこの勃起に表れているようだった。

「もう、おにぃちゃん朝からエッチすぎなの」

「知樹君硬くしすぎよ……。もう、しょうのない子ね」

「まったく仕方がない奴だ……。ほら……ここを使ってすっきりしろ」

赤い顔をしながらはぁっとため息をつきつつ三人は立ち上がると、ショーツを脱ぎ捨てて自らの秘部——楓は肛門——をクパッと広げた。

「で、誰から抱いてくれるんだ?」

熟した大人の女の秘部。

美しく整った少女の花弁。

蕾のような窄まった小さな菊座。

三つの穴がヒクヒクと震えながら知樹を誘う。

ブチンッと理性が切れる音が聞こえた。

＊

というのが、平日、休日お構いなしに毎朝繰り広げられる光景だった。

その後、みんなでシャワーを浴びてさらに一発抜いた後、平日ならば学校に向かうため制服やスーツに着替える。

学校では歩美と同じクラスになることができた。しかも担任教師は朱音である。

「まぁ私はそれなりに校長とか理事会にも顔が利くからね」

どうやら何か権力を行使したらしい。

という学校の話は、本日は休日なので後回しとする。

休日の場合、シャワーを浴びた後どうするのかというと、全裸のままみんなで朝食を食べることになっていた。

ただし、みんなで一斉に食べるわけではない。

「それじゃあ……。あ～ん♥」

「ママよりもかえでのを食べてほしーの♪」

「いや、ここはボクのだろ？　ほら、食べてくれ」

まずは知樹が、みんなの用意した朝食を食べる。

それぞれが一品一品愛情をこめた食事を作ってくれていた——歩美と楓も勉強したらしい——。だからこそ、残すわけにはいかない。一人一人の料理が一食分ある上、料理の中に精力剤が混ざっていることを知っていてもだ。

そうして差し出されるままに朝食を食べると、次はみんなの食事となる。

基本みんなパンにサラダ、ヨーグルトというザ・朝ご飯とでもいえるようなメニューだった。

ただし、食べ方を除けば……。

「それじゃあ、いいか知樹」

「あ、う、うん」

全裸状態で知樹はマナー違反ということを承知しつつもテーブルの上に上がる。この段階でペニスはフル勃起状態だった。好きな相手が揃って全裸なのだから、仕方ないと言えば仕方ない。

「それじゃあ失礼するぞ」

順番は日によってまちまちなのだが、今日は歩美がトップだった。

手を伸ばし、肉棒をつかむと、シコシコと扱いてくる。絡む指の性感に反応した肉先からはドロドロした先走り汁が分泌され、肉茎を握る手を濡らした。すぐさま白い肌はカウパー液でグチョグチョになっていく。

けれども歩美はまったく意に介さず、手淫を続ける。グチュッグチュッと手のひらと肉竿が擦れ合う淫靡な音が響いた。

「くっ、も、もうっ」

やがて射精感がわき上がる。膨れあがる亀頭。

「よし、さあ射精してくれ」

こちらの反応を見た歩美はコップのようなものを用意し、肉先に添える。

瞬間――

「で、射精《で》るッ!!」

肉先が弾け、白濁液が撃ち放たれる。我慢に我慢を重ねた際の排尿時にも似た性感を覚えながら、ドプッドプッとコップの中に濃厚な白濁液を注ぎこんだ。

その量はコップ一杯が丸々満たされるほどである。

「はぁあああ……。今日もたくさん射精たな」

これを見てうっとりしながら、熱い吐息を漏らすと、

「い、いただきます」

歩美は手を合わせて食事の挨拶をし、食パンを手に取った。それを一口サイズにちぎり、チャプッとコップの中の精液に浸す。溶けたチーズのように濃厚な白濁汁が、すぐさまパンに絡みついた。

ドロリッとしたパンがコップの中から引き上げられる。ヌチャアッとコップとパンの間に白濁液の糸が伸びた。一見するとチーズフォンデュのように見えないこともない。

「それじゃあ……あ、あ～ん」

もちろんパンを牡汁に浸けただけで終わりではなかった。口を開け、これを食べる。

「はむっ……。んっ、んちゅっ、はむっはむっはじゅぅ……。んっちゅ、ぐちゅっぐちゅっぐちゅぅ……。あっふ、はぁああああ……。ああ、やっぱりこれ、お、美味しい。くっふ、あっあっあはぁああああ」

口に含んだパン――というよりも白濁液を丁寧に咀嚼し、嚥下していく。ゴクッゴクッという喉の動きに合わせて、達しているように見えた。

そうして精液パンをひとしきり楽しむと、今度はコップの中に残った白濁液をドレッシング代わりとしてサラダにかける。

「美味しい。気持ちいい。美味しい。気持ちいい……くっひ、ひっひっひぁああ♥」

無我夢中で精液サラダを貪り喰らいつつ、何度も何度も繰り返し達した。一見すると浅ましささえ感じるような食事姿である。しかし、肉悦に溺れる姿はとても美しく見えた。自然知樹のペニスは硬くなっていく。

「それじゃあかえでもなの！」

「私もよ」

これを握った楓と朱音も歩美と同じように手淫を行い、同じようにコップに白濁液を溜め、同じようにパンとサラダを食べ、同じように達した。

「はぁっはぁっはぁっ……さ、さい、ごはデザートだ」

パンとサラダを食べ終えた歩美が、再び射精を繰り返しても勃起したままのペニスを見つめてくる。

「では、い、いくぞ……」

そう言って取り出したのはプレーンヨーグルトだった。これを指先ですくい取ると、容赦なく肉棒に塗りたくってくる。

「う、うあっ」

冷蔵庫で冷やされていたヨーグルトは冷たい。ゾクッとした感触に腰が震える。反射的に腰が引けた。が、ペニスを握った手を離してはくれない。こちらの反応など無視して、ペニスをヨーグルト塗れにしてくる。

「ふふ、ち×ぽヨーグルトのできあがりだ」

やがて肉棒は射精でもしたかのように白濁に塗れた。

「はぁはぁ……それじゃあ、いただくぞ……。んもっ、ふもぉ」

これを躊躇なく咥えてくる。

「うあっ、あああ」

上下の唇が作り出す谷間の中に肉茎が呑みこまれていった。毎日のようにフェラチオをしてもらっているのだが、何度しても咥えられた瞬間のゾクリッとするような快感はたまらない。思わず声を漏らしてしまう。

「はふっ……。ふふ、なんろもしゃへーしへるのに、まらまらビンビンらな。ああ、おいひい。しゅごくおいひいろ。んちゅっ、れろっ、れろぉ……。ろうら？　ともひもきもひぃいらろ……んれろっ、じゅっじゅっっじゅずるるるぅ」

こちらが感じる姿に嬉しそうに笑いながら、舌を蠢かせ、肉棒に塗りたくったヨーグルトをひたすら舐めとってきた。

「もう駄目。で、射精るっ!!」

この行為に快感を覚えないはずがない。結局限界を迎え、白濁液を撃ち放つ。

「ああ……たくしゃん……こいのがれたな……。あっふ、んごきゅっごきゅっごきゅっごきゅううう……。はっふ、あ——あっあっあっあっ、い、絶頂くッ！　だっめだ。これ、駄目。あああぁ、絶頂くっ！　イクイク絶頂くぅっ♥」

これを飲み、歩美はまた達した。

「はぁっはぁっはぁっ……」

射精後の脱力感が全身を包みこむ。

とはいえ、休んでいる暇はない。

「次はかえでなの」

「私も早くヨーグルト食べたいわ」

まだまだ二人も残っているのだから……。

＊

朝食の後は当然のようにセックス。

三人との行為が終わると、もう昼食の時間である。

「それじゃあ今日はどこに食べに行こうかしら？」

「やっぱり昼はカレーだな！」

「おねぇちゃんって食事どうしようって聞くといつもカレーなの。おにぃちゃんは何がいいの？」

休日の昼食は朝食とは違い、いつも外食だ。

『私たちは知樹君の身体だけが欲しいわけじゃないの』

『おにぃちゃんとは本物の恋人同士になりたいの♪』

『恋人同士がすることはセックスばかりじゃないだろ？　デートだって大事なんだからな』

外食し、デートをする。それが休日の決まりとなっていた。

「お昼……僕はなんでもいいよ」

「え～！　おにぃちゃんもいつもそれなの」

「それじゃあカレーだなカレー！」

「ふふ、それじゃあ出かけましょうか」

みんなで揃って家を出る。

「おに～いちゃん♥」

途端に楓が腕を絡めてきた。

「あっ！　ずるいぞ！　ボクだって!!」

ムッと嫉妬するような表情を浮かべると共に、歩美もひっついてくる。二人の乳房がギュウッと押しつけられた。腕を包みこむような感触が心地いい。

「も～！　二人ともずるい!!　お母さんだってくっつきたいのに～！」

プクッと朱音が頰を膨らませる。その様子がなんだか楓がムッとするように重なって見えた。やっぱり親子はよく似ている。

「可愛いですね朱音さん」

素直に感想を口にする。

「え？　あ、え……え……。や、やだもう。は、恥ずかしい……」

途端に顔を真っ赤にし、両手で頰を押さえた。その姿はやっぱり可愛い。

「ママが可愛いって……かえでは？　かえではぁっ!?」

「ぼ、ボクだって……知樹の前ではか、可愛いつもりだぞ」


——昼食後。

今日はみんなで動物園にやってきた。

「ほらほらおにぃちゃん見て！　カバさんだよ」

動物好きな楓はキャッキャキャッキャと飛び跳ねる。はしゃぐ姿が可愛らしい。

「あっちには猿もいるわ!!」

「あ、もう待ってよママ～！」

娘同様に母もはしゃいでいた。

ただ、一人だけは除く——。

「…………………」

笑顔を浮かべ、走り回る母と妹とは違い、歩美だけは呆然としたような表情で檻の前にぼうっと立ち尽くしていた。

「どうしたの？　も、もしかして動物嫌いだったとか？」

少し心配になる。

「……はふっ……か、可愛い。はぁあああ……」

が、それは杞憂だったらしい。

口をポカンと開き、口端からは涎を垂れ流している。頬は赤く染まり、猫のような瞳はうっとりと潤んでいた。視線は檻の中の熊に向けられたまま固まっている。

「クマー♥♥♥」

動物の魅力の前に完全に蕩けきっている様子だった。

知樹もそんな歩美の横に並び、檻の中の熊を見つめる。二頭の熊が仲良く並んで、餌と思われる植物みたいなものを食べている。そういえば熊って雑食性動物だって聞いたことがあるなぁ。

なんてことをぼんやり考えていたら、一頭の熊がもう一頭の熊の背中に回りこみ、唐突に交尾を始めた。

「う、うえええっ！」

「わ、わわわわわ」

唐突すぎる出来事に、二人で目を見開く。

熊の発情期ってもう少し後じゃなかっただろうか？　確か五月下旬から六月くらいって聞いたことがあるけど……。こんなこともあるのか？

（なんかちょっと気まずい。は、離れた方がいいかな……）

とは思うのだけれど、歩美はこの場を動くつもりがないらしく、ひたすら熊の行為を見つめる。こうなってしまうと知樹も動くことができず、ひたすら二人で熊の交尾姿を見つめることとなった。

獣たちの生々しい姿——セックスを連想せずにはいられない。

（な、なんか……あ、熱くなってきた。これ……ま、まずい……）

　しばらくそうしていると、なんだか下半身が熱くなってくる。はぁはぁと荒くなる息。股間が熱く、硬くたぎっていく。自然視線は熊から外れ、ブラウスにスカート姿の歩美へと向いてしまう。特に下半身——スカートから覗き見える太ももへと。

「ふふ……知樹は本当にエッチだな」

「え!? あっ、その……これはちがくて——」

　この視線に気付かれてしまった。慌てて誤魔化そうとする。

「何が違うんだ？　もうここはこんなに硬くなってるぞ」

「うあっ、ち、ちょっ——」

　ズボンの上からペニスに触れられる。ビクンッと腰が震えた。

「熊の交尾を見て股間を硬くするなんてキミは変態か？」

「そ、そんなこと……」

「別に否定する必要はないぞ……。その……」

　そう言って立ち上がると、こちらの手を取り、スカートの中に導いてくる。指先が歩美の下着に触れた。

「ボクも変態だから……」

　クチュッと湿った感触が指先に伝わってきた。

「あ、歩美……」

「ふふ……母さんや楓には悪いが……ちょっと来い」

グイッと手を引っ張られる。そのまま園内の女子トイレの個室に引きずりこまれた。

「母さんや楓もいるし、あまり時間はないが……。もう我慢できないんだ」

個室の壁に手をついて腰を突き出すような格好になると、スカートをめくり上げ、ショーツを下ろす。クパッと開いた花弁が露わになった。

「もうボクのま×こ……グショグショなんだ。我慢できない。知樹のち×ぽ——挿入れてくれ」

プリッとした尻を左右に振りながら、熱い吐息混じりにおねだりしてくる。理性を崩壊させるには十分すぎるほど挑発的な姿だった。

「あ、歩美っ！」

耐えられるはずがない。

ズボンと下着を下ろし、ペニスを剝き出しにすると、躊躇なく背後から挿入する。

「あっふ……。くっ、ああ……き、きた……。っ……ぁ……熱いのがボクの膣中に」

燃え上がりそうなほど熱く火照った肉壁にペニスが締めつけられた。挿入だけで射精しそうなほどの性感を覚える。

「あ、歩美！　歩美ぃいいっ!!」

すぐさまピストンを開始した。立ちバック状態で繫がりながら、本能のままに腰を振る。バチンッバチンッバチンッと腰と腰がぶつかり合う音がトイレ中に響くほどの勢いで、繰り返し腰を肉奥に叩きつけた。

「あっふ、す、すごっ！　は、はげっし。激しい。うっあっ、くっふ、こっれ、こんな、こんっなに激しくされたら、す、すぐに絶頂っちゃいそうだ。い、いい♥　いいよ♥　いいよ知樹っ♥」

ピストンに合わせて歩美も腰を振り始める。身体中から汗を分泌させ、結合部から愛液を垂れ流しながら、パンッパンッと淫らなまでに腰をぶつけ合う様は、獣の交尾のようでもあった。

「き、キス……キスしてくれ」

突かれながら振り返り、唇を突き出してくる。潤んだ瞳の中に、牝の色が灯っていた。

「歩美……す、好きだっ！」

「んっちゅ、むっ……ふっむ……。むふっ……。ふむぅうう……」

貪るようにキスをする。舌に舌を絡め、口腔を蹂躙し、唾液と唾液を交換しながら、ひたすら腰を振り続けた。

「むっふ、むっ、ふもっ……むちゅぅうう……。れろっれろぉ……。はふっはふっはふぅうう……。あはぁ……も、もうらめ、絶頂く。ボク……い、絶頂く……」

射精感を抑えこむことなんかできない。ドクッドクッと肉竿を痙攣させながら、たっぷり歩美の膣中に熱液を流しこんだ。

「で、射精るっ！」

膨張していく肉槍。収縮していく蜜壺――二人同時に限界まで上り詰める。

「僕も、僕ももう!!」

「くっ、き、きた。熱いのが……熱いせーえきがボクのな、っかに――くっふ、んんん。はっふ、い、絶頂くッ♥　ま×こを……せーえきでみ、満たされ、ぼっく……い、絶頂くッ！　絶頂くぅっ♥」

ドプッドプッという痙攣に合わせるように、ビクンッビクンッと肢体が震える。膣壁がギュウウッと肉竿から白濁液を最後の一滴まで搾り取ろうとするかのように、圧迫してきた。結合部から愛液と混ざった精液が溢れ出す。

「はふっ……あっ、ふっ……ふぁあああ……」

蕩けた絶頂顔を歩美は晒した。

「あっふ……す、好き。知樹……大好き……」

「うん。僕も、僕もだよ……」

互いに荒い息を吐きながら、ねっとりとした口付けを交わした。

このまま永遠に抱き合っていたいという欲求を覚える。とはいえ、朱音や楓も待っているので、そういうわけにもいかない。二人で手早く身支度をすると、すぐにトイレを飛び出した。

「——あっ」

途中、歩美が驚いたような表情を浮かべ、足を止める。

「どうしたの？」

「ちょ、ちょっと垂れてきた……」

恥ずかしそうにしながらわずかに足を内股にし、腰を引く。その姿はとても生々しく、見ているだけで再びムラムラッと性欲がわき出してきそうだった。

「あっ！　いたのっ!!」

「もう、どこに行ってたのよ。駄目じゃない」

しかし、朱音たちに見つかってしまう。

「ご、ごめんなさい。ちょっと歩美と一緒に熊を見てて……」

「ちょっと見入ってしまった」

二人揃って謝罪する——のだが、

「……エッチしたわね」

ギランッと朱音が瞳を光らせた。

「へ？　そ、そんなことしてないぞ！」

慌てたように歩美は否定する。

「嘘ついても無駄なのおねぇちゃん。おねぇちゃんのここから……すごくおにぃちゃんのせーしの匂いがするの。誤魔化されないんだから！」

スンスンと鼻を鳴らしながら、楓が歩美のスカートに顔を近づけた。

「に、匂いって……そんなこと……」

「あるのよ知樹君。私たちは知樹君のことだったらなんでもわかるんだから」

うふふっと朱音は微笑む。少し冗談めかした言葉だけれど、決して嘘ではない。間違いなくこの言葉が本気だということはすぐに理解できた。

「そ、その……ご、ごめんなさい」

これは謝っておかなければまずい気がする。

「おにぃちゃんは謝る必要はないよ」

「そうよ。知樹君はクスリの影響でいつ発情しちゃってもおかしくない状況なんだから。だから仕方ないの。悪いのは……知樹君を発情させた歩美よ」

「——む、むむぅ」

ぐうの音も出ないという感じで歩美は押し黙った。

「休日のデートの時間は知樹君を休ませてあげる約束だったでしょ？」

「それを破ったんだから……わかってるよねおねぇちゃん」

ニヤリッと母娘は笑う。

「わかってるって、な、何をする気ですか？　その……あんまりきつい罰は……」

「そんなに心配しなくても大丈夫よ」

「そうそう。おにぃちゃんは安心していーの」

一体この二人は何をするつもりなのだろうか？

なんて疑問の答えは、デートを終え、夕食も外で済ませた後、家に帰ってから判明することとなった。

夜——知樹の部屋にいつものように三人がやってくる。

「知樹君お待たせ」

「おにぃちゃん♥」

朱音と楓は一切衣服を身に着けておらず、豊かな肢体を剝き出しにしていた。だが、歩美だけは——

「…………………」

服を身に着けていた。ムスッとしたような表情を浮かべて、部屋の隅に正座をする。

「え、えっと……これはどういうこと？」

「どうって……デートの時の罰よ。つまりね、今夜はお預けってこと」

「おねぇちゃんは見てるだけなの」

それが罰らしい。

「……ぼ、ボクが悪いんだ。なに、今夜くらい我慢してやるさ。一日くらいどうってことないさ」

フンッと鼻を鳴らし、歩美は強がってみせた。

「そういうわけだから……しましょ♥」

「いっぱい射精してねおにぃちゃん！」

母と妹が肢体をくねらせる。

「あ、う……うん」

歩美を気にしつつも、二人の挑発に劣情を覚えずにはいられない。一瞬で理性は蕩け、二人の身体に知樹は飛びつき、肉と肉を絡め合わせた。


「あっあっあっ、いいわ♥　知樹君すごくいい！」

「おにぃちゃんのペニス……かえでの奥まで届いてるの！　絶頂っちゃう♥　かえでこんなの気持ちよすぎて我慢できないのぉ♥」

母と娘をベッドの上に四つん這い状態で並ばせ、交互に膣奥を突く。

「くっ……ああ、欲しい……。ボクも……ボクもち×ぽが欲しい。んっく、あっあっは自分がより興奮していくのを感じた。

つらそうな表情を浮かべながら自慰をする歩美の視線を感じると、それだけで知樹

あっあっあぁぁああ」

＊

翌朝――平日も三人によるトリプルフェラ&パイズリで知樹は起こされる。ただし、平日は学校があるのでセックスまでしている時間はない。朝食も至って普通のものだった。

「それじゃあ私は先に行くけど……遅刻しちゃ駄目よ」

食事を終えると、スーツを身に着けた朱音がまず最初に家を出る。

「絶対に遅刻しちゃ駄目だからね」

ギラッと鋭い視線で、念を押すように告げてきた。

「そんなに言われなくてもわかってるの」

「本当ね！　本当にわかってるわね!!　いい、何度も言ってるけど、平日のセックスは夜だけよ。学生の本分は勉強。私たちのせいで知樹君の成績を落とすわけにはいかないんだからね！」

「だからわかってるよ母さん」

「本当ね！」

「はいはいなの」

「……いい加減にしないと遅刻するよ」

「くううっ……。し、信じてるからね。母さん抜きでしちゃ駄目よ！」

娘たちに促されつつ、それでも後ろ髪引かれるような態度をとりながら、朱音は一足先に家を出ていった。

「わかってるよ母さん。ボクたちから求めるようなことはしないから」

「そう、そうなの。かえでたちからは求めないの」

意味深な笑みを浮かべ、二人はこちらを見つめてくる。

その笑みの意味を知樹はよく理解していた。

そう、二人は確かに自分たちからは求めてこない。して欲しいと直接告げても来ない。けれど、積極的に態度でアピールはしてきた。

「おにぃちゃん大好きなの♥」

「今夜も楽しみだな。考えるだけで身体が熱くなってくるよ」

学校に登校している最中、ヒシッと肉体を密着させながら、耳元でそんな言葉を呟いてくる。脳髄にまで染みこむような甘い囁きだった。

好きな少女たちの挑発するような言動に、自然と高まっていく欲望。わき上がる情欲は、学校に着く頃には爆発しそうなくらいにまで膨れあがっていた。

（したい。したいしたいしたいしたいしたいしたい……）

　理性は簡単に蕩けてしまう。

「どうしたのおにぃちゃん？　なんだかとっても顔が赤いよ」

「もしかして我慢できなくなったのか？」

「う、うん……。ごめん。もう……したい」

　二人の問いかけに、簡単にうなずいてしまう自分がいた。

「それじゃあ仕方ないな。これも知樹のためだ」

「おにぃちゃんが苦しんでるのは見たくないからね」

　二人は微笑みながら知樹の手を取る。そのまま姉妹によって登校時間帯はほとんど人が来ることのない体育用具室に連れこまれた。

「じゃあいつものとこに座っていてくれ」

「あ、うん」

　歩美に指示されるがまま、用具室内のマットの上に腰を下ろす。

　学校に入学してから二週間——ほぼ毎日のように同じように発情し、ここにやって来てしまっていたため、自分の行動も実に手慣れたものだった。

「それじゃあ……始めるぞ。覚悟はいいな楓」

「それはこっちの台詞なのおねぇちゃん。今日はかえでが勝つの！」

知樹が座ったのを確認すると、姉妹は二人で向かい合い——

「んちゅっ、ふちゅっ、むちゅう」

「はむっ……。むっふ、ふうっふうっふう……むふぅうう」

躊躇うことなく互いの唇にキスをする。しかもただのキスじゃない。舌を挿しこむディープキス。その上、手を伸ばし、制服の上から互いの胸を揉みしだき始めた。


二人がこんな行為を始めた理由は、初めて用具室にやって来た日——

『知樹を気持ちよくするのはボクだ！』

『おにぃちゃんを絶頂《イ》かせるのはかえでなの！』

などということで二人は喧嘩をし始め、

『それじゃあ先に相手を絶頂かせた方がするというのはどうだ？』

『……ふ～ん、おねぇちゃんにしてはいい案なの。上手な方がおにぃちゃんもきっと嬉しいの』

なんていう結論に達したためだった。


というわけで本日も知樹への奉仕権をかけて、互いを愛撫する。

はち切れんばかりに膨らんだ制服の胸元に、少女たちの指が食いこんでいった。幾本もの皺が寄るが気にしない。こねくり回すように胸を刺激していく。

「あっふ、んんんん。はぁはぁ……こ、こっちはどうだ？」

「んんんん。くっ、あ、あんっ」

しかも、胸だけでは終わらない。ひとしきり乳房を愛撫したかと思うと、歩美は楓のスカートの中に手を突っこみ、クチュクチュと秘部を指先でなぞり始めた。

「んっく、あ……あっん……はぁっはぁっ……お、おねぇちゃんなかなかやるの。で、でも……かえでだって負けないの！」

ビクビク肉体を震わせる楓。けれど妹もこのまま責められ続けるつもりはないらしく、姉の身体を用具室の床に押し倒した。この状態から体位を入れ替えシックスナインの体勢となると、歩美のスカートをめくり上げる。剝き出しになるショーツの色は、赤だった。

「おねぇちゃんエッチな下着穿きすぎなの。はぁはぁ……そんなにおにぃちゃんとのセックス楽しみだったんだね。だけど、おにぃちゃんとエッチするのはかえでなの。んっ、ふちゅっ、むちゅぅ」

楓は赤い下着を横にずらすと、先ほど唇にそうしたように陰唇に口付けした。

チュッチュッチュッと繰り返し、何度も何度もキスをする。そうして唇で秘部をある程度慣らすと、舌を伸ばして肉襞を舐め始めた。

「んれろっ、れちゅっ……ふっちゅ、むちゅっ、くちゅるぅ。はふっはふっ……。むふぅうう。れろっれろっれろぉおお……」

「あっくっ！　ちょっ、い、いきなりそんっな――はふっ、くっふぅうう」

　襞の一枚一枚を丁寧に舌先がなぞっていく。途端に歩美の肉体は電流でも流されたような反応を見せた。間違いなく性感を覚えている。

「まらまらのおねぇひゃん。ほりゃ、こういうのはろう？　ほ、ほら。んっく、はぁっはぁっ……こうやってシコシコされると感じるでしょ」

　当然楓もそれに気付いており、さらに姉を責め立てるように舌を蠢かせながら、指で勃起したクリトリスを摘むと、シュコッシュコッと肉棒を扱うかのように扱《しご》いた。

「かっふ――あっ、そ、そこはっ、そこは駄目だぁっ！　あっんっんっくふぅうう！」

　駄目だと言いつつも、妹の顔に押しつけるように腰を突き出す。

「く、くそっ。ぼ、ボクだって……んっふ、ふちゅっ、んれろっ、むじゅぅうう」

　そうして感じつつも、歩美も反撃に転じる。妹がしているようにスカートをめくり上げると、楓が穿いていたピンクのショーツを横にずらし、口淫を開始した。

「あふっ、くっ……はぁっはぁっ……い、今さら遅いのっ！　んっちゅぶ、か、勝つのはかえでなんだからぁ」

　姉妹が二人で互いの陰部を舐め合い、妖しく腰をくねらせ合う。卑猥すぎるその姿に、知樹は自分の肉棒がより硬く、熱く屹立していくのを感じた。

二人の顔が互いの愛液に塗れていく。舌が蠢くたびに、姉妹の口からは「あっあっ」という嬌声が漏れた。剝き出しの太ももがピンク色に染まっていく。肉襞がヒクヒク震えているのがわかった。

溢れ出す愛液が白く濁り始める。用具室内いっぱいに二人の甘ったるく、噎せ返るような発情臭が広がってきた。

「ほら、絶頂くんだ。こ、これで……んっぐ、はふっ、んっふぅううう。ど、どうだ？　んじゅっ、じゅるるるるぅ。こ、こうやって乳首を責められると感じるだろ？」

ここで歩美が仕掛ける。クパッと開いた小さな楓の膣口に舌を挿しこむと、無茶苦茶に膣中を舐め回しながら、下品な音を奏でて肉襞を吸引した。同時に制服の中に手を突っこみ、どうやら勃起をし始めたらしい陥没乳首をシコシコ扱き始める。

「ふっぐっ！　あっんっんっふぐぅううう♥　す、すごいの。そ、それ、き、気持ちいいのぉ♥　お、おっぱいいい♥　あっあっあふぅ」

姉の行動に妹は性感にのたうち回った。

「で、でも、おねぇちゃんには負けないの。これっれ、あっふ、んんん。これでど、どうっ!?　んっじゅ、じゅぷっ、ちゅずっ、むちゅずずぅ」

しかし、妹もただでは引かない。肉悦に身をくねらせつつ、ニチャリッと口を開いた膣口に指を差しこみ膣中をかき混ぜ始めた。その上、陰核を咥えると、頬を窄めて吸引を始める。

「ふっひっ——おっ、あっふ、な、そっれ、それだっめ。や、やっめ、だめっだ。それが、我慢できなくなっる。らっめ、らめだ。やっめろ。ひゃめろかえれぇ」

「や、やめっ——ないよ。うふっ、はふっはふっはふぅ……。んじゅるるる。ほっら、絶頂って、おねえひゃん絶頂って！」

歩美の悲鳴を聞いても楓はまるで容赦しない。それどころかさらに頬を窄め、口唇でクリトリスをギュムッと挟みこんだ。

瞬間——

「いっ、絶頂くッ♥　ぼっく、ボク——い、絶頂かされる。妹に、か、楓に、絶頂かされるっ♥　あっあっはぁあああああっ！」

ドビュッ、ブビュバアアッと愛液を飛び散らせながら、歩美は達した。

「んふふ……かえでの勝ちぃ～なの。はぁはぁ……そ、それじゃあ……おにぃちゃん……いい？」

姉を絶頂かせた妹が上半身は制服を身に着けたまま、パチンッとスカートを外し、ショーツを脱いでこちらに近づいてくると、マットの上に座る自分のズボンに手を伸ばしてくる。カチャカチャと音を立て、ズボンと下着を脱がせてきた。ビョンッと勃起棒が飛び出す。すでに肉先からは先走り汁が溢れ出していた。

「かえで……かえでもう我慢できない。いいよね。かえでのお尻にこのち×ぽを挿入れてもいいよね？」

「うん。いいよ。僕も……僕ももう我慢できない。射精したい。楓ちゃんの中にたくさん射精したい」

「うん。たくさん射精してね♪　それじゃあ、挿入れるね。いくよおにぃちゃん」

楓の小さな手で肉棒を握られる。肛門に肉先が密着した。何度もアナルセックスを行ってきているためか、ほんの少し触れただけで、肉穴からは涎のように腸液が溢れ出し、肉茎に絡みついてくる。

「んっく、はあっ、んっほ、ふっ、ふほっ、んほぉおお……」

そのまま対面座位状態で腰を下ろしてきた。肛門は亀頭で少し押しただけでグパアッと口を開く。熱く火照った腸壁がニュジュリッと竿に吸いついてきた。

「あっふ、はふっはふっはふぅ……。は、挿入ってくるの……。か、かえでの……んっほ……ほふぅ……お、お尻の中に、ぺ、ぺに……ペニスがは、挿入ってくるの。あっふ、しゅごい。こっれ、これ、挿入れただけで、かえで、かえれいっひゃいそう……」

「僕もだよ。僕も……こんなのすぐ絶頂く。楓ちゃんの中、き、気持ちよすぎる！」

大げさな言い回しでもなんでもない。うねるように蠢く肉壁に包みこまれた肉棒は、実際すぐにでも射精してしまいそうだった。ズブズブと肉穴の中に沈みこめばこむほど、亀頭は膨れあがっていく。

「す、すっごい。お、おにぃちゃんのペニス——かえでの、かえでの中でお、大きくなってる。ふっく、むっ、ふほっ、おっおっほぉおお。い、いっぱい！　お尻のなっか、い、いっぱいにしながらお、奥まで来る♥　だっめ、これ、ホントに、ホントにかえで、い、絶頂く♥　ち×ぽ挿入れられただけでかえで、かえっで——」

ペニスを根元まで挿入する。ズンッと腸奥を亀頭で叩いた。

瞬間——

「ふほっ！　お、おくっ、おくおくおくぅっ♥　い、いっく。かえで、かえっれ、い、いれられたらけれ、ち×ぽ奥にいれられたらけれ——いぐっ、いぐのぉおおお♥」

壊れたおもちゃみたいに肉体が痙攣する。ブビュバッと花弁からは愛液が飛び散り、きゅううっと直腸が収縮した。射精衝動が爆発しそうなほどに膨れあがる。官能の濁流によって防波堤が一瞬のうちに打ち破られた。

「で、射精るっ！　射精るっ!!」

震える肉茎から直腸に向かって肉液が撃ち放たれる。

「——ふっひ！　おっ、ふっほ、おっおっおっ、でって、でってる♥　かえっでの、かえでの中にせーしでてるのぉ♥　すっごい。これ、すっごい気持ちいいのぉ♥　らつめ、いってるのに、かえれ、いっへるのに、まった、またいっく♥　またいきゅのぉ♥♥♥」

ドプリドプリッと腸内に精液を流しこむと、またも楓は絶頂に至った。ただでさえきつい直腸の締めつけが、よりきついものに変わっていく。その悦楽がさらに知樹の興奮を昂ぶらせた。

「くっ！　か、楓ちゃん！　楓ちゃんんんっ!!」

一度の射精だけでは満足などできない。射精しながら新たな射精を肉体が求める。絶頂の愉悦に浸っている暇などなかった。

楓の名前を呼びつつ、射精を続けながら腰を振る。ジュボッジュボッジュボッジュボッと、肉穴が壊れてしまうのではないかと思うくらいの勢いで腰を振った。

「ふほぉっ!!　おっおっ、おほっ、ほぉおおっ！　だっめ、だ、射精しながら、射精しながらこ、腰振っちゃだめぇっ！　ふっひ、ふひぃいい♥　そっれ、おかしくなっる。かえれの頭がおかひくなっひゃうからやめへぇえええっ♥」

止めてと言われても、止まることなんかできない。とっくにブレーキは壊れてしまっていた。

だから激しく腰を振る。ズンズンズンッと何度も繰り返し制服姿の楓を突き上げた。

「あっふ、ふっほ、おっふ、おっおっおっおっおほぉおお♥」

小柄な身体が上下に揺れる。ユッサユッサと制服の胸元も弾けるようにたわんだ。

「ばっかに、ばかになっひゃうのぉ♥　かえれが、かえれれなくなっひゃうぅ♥　気持ちいい。きもひいいのぉ♥　いいっ♥　おにぃひゃんのぺにしゅよすぎるぅ♥　んつじゅ、じゅぼっ、むじゅぼっ、ちゅぶぅうう」

感じながら唇を重ねてくる。これに応え、舌で口腔をねぶりにねぶった。ジュプジュプという音色を奏で、口腔を貪りながらも腰を振る。ちゅうっちゅうっと唇を吸うたびに、肛門が肉根を締めつけてきた。膨れあがる性感。自然と腰をより深くまで直腸に叩きこむ。突き上げに合わせて白い尻が左右に揺れ動いた。

「あっふ、おふぅうう」

突き上げに合わせて悦楽に塗れた嬌声を楓が上げる。

「ああ……き、気持ちよさそう。ボクも……。ボクも欲しい。ボクも知樹のち×ぽで犯されたい。んっく……はふっ、あっあっあっ……。んんん」

そんな性交を見つめて興奮したのか、一人残された歩美が自慰を始めた。

(見てる。歩美が見てる……。もっと、もっと見せつけたい。歩美に僕と楓ちゃんのセックスを見せつけたい！)

新たな欲求が生まれる。

「え？　お、おにぃちゃん？　な、何するの？」

だから一度腰の動きを止め、ペニスを引き抜いた。戸惑いながらこちらを見つめる楓の小柄な身体を抱き上げると、体位を対面座位から後背座位に変えた。そのまま幼い子供をおしっこさせるような体勢で立ち上がる。

「へっ？　あ、や、ヤダっ！　おにぃちゃん。こんなの、こんなの恥ずかしいよぉ！」

楓の口から悲鳴が上がったが気にしない。歩美の眼前に、結合部を突きつけた。

「あ……ああ……。すごい。挿入ってる。楓の中にち×ぽが挿入ってる」

「やだっ！　見せないでっ！　こんなの見られるのは、恥ずかしいの!!　お、おねぇちゃんもみ、見ちゃや――ふひっ、ふひっふひっふひっふひぃぃいい！」

恥ずかしいと言いつつ、がっちり肛門はペニスを咥えこみ、腸液を涎のように垂れ流す。

「いっぢゃうからぁ♥　そんっなに突かれたら、かえれ、かえっれ、お、おねえぢゃんに見られなっがら、い、いっひゃうのぉ♥　やら、しょんなはじゅかしいのやらぁああ」

ブンブンッと子供のように首を振る楓の尻を、ひたすら突いて突いて突いて突いて突いて突いて突きまくる。

「はげっじ、ぞ、ぞんなに、じょんなにじゃれたら、うらがえっひゃう。かえっでのお、おちり、うらがえっひゃうぅ♥　らっめ、いくっ、いっひゃう。本当に絶頂っちゃう。だっから、おほっ、ほっほっほふぅうう。もう、もううううっ!!」

「絶頂《イ》けばいいよ。ほら、楓ちゃんが絶頂くところを見せて！　見せつけるんだ!!　歩美に見せてやるんだ。ほら、絶頂って！　絶頂ってっ!!」

ズブッと腸奥を突く。それと同時に肉棒を激しく震わせ――

「射精るッ！　射精すよっ!!」

どびゅっ、びゅぶるるるっと二度目の射精を開始した。ドクンッドクンッとポンプのように熱液を肉先から吐き出し、直腸を満たしていく。

「フッひっ！　ま、まった、またでった!!　おっおっおっ、ま、また射精てるのぉ♥　らっめ、かえで、かえでもうらめぇえ♥　恥ずかしいのに――はじゅっかひいのに、たえられにゃひぃ♥　いぎゅっ、いぎぃぎゅいぎゅっ！　おねえひゃんに見られながら、かえれいぎゅのぉおおお♥♥♥」

絶頂――それと同時に膣口が開き、ブビュバアアアッと愛液が飛び散った。

「あっ、これ、楓の……楓の汁……熱い。ああ、す、すごい……。こんなに出るなんて……。ああ、気持ちよさそうだ楓。すごく気持ち良さそう……。はぁあああ……。ボクもボクも絶頂きたい。知樹のせーえきで絶頂きたい……」

グチュグチュと秘部を弄りながら、飛び散った愛液に塗れつつ、心の底から羨ましそうな表情を歩美は浮かべる。

「そう……。欲しいんだ。いいよ。あげるよ。歩美にもたっぷり精液あげるね」

「え？　ほ、本当か!?」

途端に歓喜の表情が浮かぶ。

「もちろん本当だよ。ほら、いくよ」

ズジュボッと肉棒を肛門から引き抜いた。

「はへぇえええ」

ブビュッとこれだけで楓の尻から白濁液がお漏らししたみたいに飛ぶ。

「あっ……ふひっ……ふへぁああ……」

だらしない絶頂顔《イキがお》を晒す楓——そんな彼女を抱きかかえたまま、肉先を歩美へと向ける。二度の射精を終えたというのに、未だ硬くたぎったままの肉先が、ドクンッと震えた。

「は——んぁあああ」

これを見た歩美が口を開く。

刹那——

「くっ、ううぅっ！」

肉先秘裂が口を開き、ドビュバッと白濁液が弾け飛んだ。

ひあっ♡
あー…♡
はー…っ♡
…っ♡♡
ジュプッ♡
ひぉっ♡

「わっ——ふぶっ！　あっぶ、むぶっ、あびゅううう」

その量は精力剤の効果により、尋常ではないほどのものとなる。まるでバケツをひっくり返したのかと思うほどだった。

「うっぷ、ちょっ、おっぽ、しゅっご、しゅごっい。むっふ、ふぶぅう。あ、あじゅい。こっれ、あぶぅう！　むっり、おぼっ、う、うげどつめ、ぐぢでうげどめぎれなっひ。むっぶ、お、おぼれっりゅ、ごれ、ぼ、ぼきゅしぇーえきれ、お、ぼれりゅうっ！」

当然口腔だけで受け止めきれるものではない。

歩美の全身が白濁色に染まっていった。顔がゼリーでパックされたみたいに真っ白になる。制服にも牡汁が染みこんでいった。

「しゅ、しゅごひっ。あっぶ、こりぇ、い、いぎゅっ——ぼきゅっ、ぼきゅいきゅのぉ♥　全身しぇーえきまみれにしゃれて、ぼきゅ、ぼきゅいきゅう♥」

濃厚汁の熱気と匂いが、歩美の肉体も絶頂へと導いていく。

「あっあっあっ、あへぁあああああっ!!」

全身を白濁液塗れにしながら、肉体を激しく痙攣させ、歩美は達した。

「おねえひゃんしゅごいの……。はへっ、あへぁあああああ……」

「あっあっあっ、ふぁあぁぁあああ……」

姉妹は二人で性感に身を震わせる。

——結果。

「遅刻しちゃ駄目って言ったでしょ！　なんで遅れたのかは、うちに帰ってからたっぷり聞かせてもらいますからねぇっ!!」

朱音の怒りを買う結果になってしまった。

今夜は朱音にたっぷり絞られることになりそうである。

＊

こんな日常。

天国みたいな官能の日々——。

僕はとっても幸せだった。

だけど……。

「まったく……。二人だけで知樹君と楽しむなんてずるいわ。私だって知樹君とセックスしたかったのに。知樹君のザーメン飲みたかったのにぃ！」

「そ、それは悪かったって謝ってるだろ母さん」

「そうなの。だいたいママだって遅刻した罰だとかいって、後で一人でおにいちゃんと楽しんだくせに」

「ああ、可愛かったわ。私の下で悶える知樹君。思い出すだけで濡れてきちゃう」

「ママが牝の顔になってるの」

「ふふ。さて、話を変えるけど、どう、最近の知樹君の様子。どんな感じかしら？」

「それなら……だいぶボクたちとの生活に慣れてきたみたいだよ」

「うんうん。おにいちゃんとっても幸せそうなの」

「ただ……少しばかりストレスのようなものも溜まってきてるみたいなのが心配なんだ」

「ストレス？　かえでたちとエッチしてるのにストレス？　嘘なの」

「いや、嘘じゃない……多分ごにょごにょ」

「……なるほどね。理解できた。確かに……知樹君くらいの年齢だったらストレス感じちゃうかもね」

「でも、だとしたらどうするの？　まさか……おにぃちゃんに浮気させる気？」

「まさか……。そんなわけないだろ。大丈夫。策はしっかり練ってあるさ。ふふ」

「その顔。おねえちゃんずいぶん悪そうな顔なの。やっぱりおねえちゃんにおにぃちゃんは任せておけないの。おにぃちゃんはかえでのものにするの！」

「なっ！　ちょっと駄目よ。知樹君は私のものなんだから！」

「むむっ！　母さんまでおかしなことを言うな！　知樹はボクのものだ」

「かえでのなの！」

第四章　脅迫　浮気しないって約束して

　市ノ瀬家の母娘たちとの生活に、知樹は幸福を覚えていた。なぜなら彼女たちのことが好きだから。心の底から朱音を、歩美を、楓を愛していたからだ。

　好きな女性、少女たちと肉欲に塗れた生活を送る。思春期少年にとってこれほど最高の生活はないだろう。自分は本当に幸せ者だ。

　でも、ふと正気に戻ると、

（これ……この生活……やっぱりおかしいんじゃない？）

　なんてことを考えてしまう。

　理由は簡単だ。

　確かに知樹は市ノ瀬家の人々を手に入れたが、それと引き替えに他のすべてのものを失うことになってしまっていたからである。

それが端的にわかるのが、知樹の部屋だった。

(僕の部屋には何もない……)

ベッドや机、勉強道具はある。洋服ダンスもあり、服も何枚も——朱音が休日のたびに買ってくれる——あった。けれど、それだけだ。

趣味的なものが一切ない。

漫画、小説の類いはもちろん、テレビやゲーム、ラジオ、パソコンすら置いてなかった。まあ自分の中学時代も勉強ばかりで同じような感じではあったのだけれど、約束を守るために頑張り終えた今だからこそ、色々なものに手を出したいという欲求はあった。

なのに何もない殺風景な部屋。

なぜこんな状況なのかというと、それはもちろん——

『まず、私たちと付き合うからには、私たちの誰かが一緒でないところで他の人と話をしては駄目よ。私たち家族以外と話をしたら、浮気になるってことを忘れないでね。で、当然、家を出る時は私たちの誰かといつも一緒に家を出ること。一人で出ていったら、やっぱり浮気よ。それからオナニーも禁止。右手に浮気をしちゃ駄目よ。それから、テレビも私たちと一緒に見ること。自分が好きな番組を見ちゃ駄目。私たちよりテレビの方が好きなんて耐えられないから。その流れでなんだけど、漫画とか小説を読むのも禁止よ。二次元の嫁なんて絶対に許せないから』

という朱音からのお達しがあるためである。

そう、この言葉は決して冗談ではなかったのだ。

少し前に学校帰りに本屋に寄った際、ずっと中学時代読んでみたいと思いつつ、勉強のために読むのを諦めていた漫画を見つけたことがあった。当然これを手に取ろうとしたのだが——

『……浮気するのか知樹?』

『え? う、浮気って……ほ、本を手に取っただけだけど……』

『それを浮気って言うんだ。ボクたちがいるのに、二次元に走るのか?』

すごい目で歩美に睨まれた。

あの時の視線は、今でも思い出すだけでブッブッと鳥肌が立つ。

結局漫画は諦めざるを得なかった。

となると当然やってみたかったゲームにも手を出せない。

その結果がこの部屋である。

だが、まだこれは我慢しようと思えばできることだ。苦行ではあるけれど、中学時代も同じようにしてきたので目を瞑ってもいい。

それ以上の本当の問題は家ではなく、学校にあった。

つまりどういうことかというと――

（僕には友達がいない……）

昼休み。教室の片隅で、一人ぽつんとクラスメートたちの楽しげな姿を見つめる。

いや、正確にはやはり友人がいない歩美と一緒にだ。

『友達はいらない。ボクがいればそれでいい……。だよね？』

入学式前日、強く釘を刺された。

まさか冗談だとその時は思ったのだが、彼女は至って本気だったのである。

それを知樹が理解したのは、入学式当日――クラスでの自己紹介時のことだった。

『市ノ瀬歩美だ。最初に言っておく。そこにいる水島知樹はボクのものだ。ボクだけのものだから、決して手を出すことは許さない。知樹に話しかけることは許さない。知樹に近づくこともだ。これを破った人間は殺す。以上』

とんでもない自己紹介である。

『は？　歩美……あんた何言ってるの？　えっと……じ、冗談？』

当然クラスメートも驚きの表情を浮かべた。歩美と同じく中等部から高等部に進級したらしい女生徒が浮かべた呆然とした表情は今でも忘れられない。

そしてその女生徒の問いに対する――

『ええそうよ。市ノ瀬歩美さんが言ってることは本気であり、本当のことよ。でも一つだけ訂正。水島知樹君は市ノ瀬歩美さんだけのものじゃなくて、私のものでもあるの。だから絶対に手出し禁止。破ったら成績下げちゃうわよ』

朱音の答えも忘れられないものだった。

というわけで、知樹には友人がいないのである。

正直なところ、これはかなりつらかった。それに寂しさも感じる。せっかくの学校生活なのだ。色々な友人たちと付き合いたいと考えるのが普通だと思う。特に知樹の場合、約束を守るため中学時代友人はいたけれど一緒に遊んだりすることができなかったので、余計人間関係を築きたいという欲求が大きかった。

それに、自分だけでなく、歩美たちまでクラスメートと話をしようとしない。朱音だって授業で必要な最小限のことでしか生徒と会話していなかった。多分楓も中等部のクラスで姉や母と同じような態度をとっているのだろう。

みんなが孤立している——自分のこと以上に、その事実に胸が痛む。やっぱりクラスメートと仲良くすることは大事だ。

それに、これが大事な点なのだけれど——

（やっぱりみんなにも伝えたいじゃん！　歩美たちと付き合ってるって！　僕はこんなに可愛い子たちと愛し合ってるんだって自慢したいじゃん!!）

という思いもある。

何しろ市ノ瀬家の母娘たちの美しさは学園中のみんなが知るところなのだ。知樹じゃなくたって、男ならば自慢くらいしたくなること間違いない。

だから一度だけそのことを訴えたのだけれど、

『知樹君には私たちがいれば十分よ。それにみんなに教える必要もないわ』

『そりゃかえでだっておにぃちゃんと付き合ってること自慢したいけどさ、だけどね、おにぃちゃんが浮気してる姿を見たくないの』

『知樹がボクたち以外の誰かと話すなんて耐えられない。耐えられるはずがないだろ。だって……ボクたちは知樹のことが大好きなんだから！』

受け入れられることはなかった。

(どうにかすることってできないのかな……。って、無理だよね……)

市ノ瀬家のみんなを説得できる自信がない。

「……はぁっ」

クラスメートたちを見つめていると、自然とため息が口を突いてしまう。

「どうした？　何か悩み事か？」

これに反応したのは当然歩美である。本気で心の底から、知樹を心配するような視線を向けてきた。

「え、ああ……別に、なんでもないよ」

「本当か？　つらいことがあったらボクに言うんだぞ。どんなことであっても、ボクは知樹の力になるからな」

彼女の言葉には一点の曇りもない。それが嬉しくもあり、また、胸が痛くもあった。

「あ、うん。わかってるよ。頼りにしてる」

「む、そうか……。頼りにしてるか……。えへへ……」

ポリポリと頭を掻いて照れる姿は、普段以上に可愛らしい。ちょっと見惚れてしまった。

「なんだ……あ、あまり見るな。ちょっと恥ずかしいぞ」

「ごめんごめん。でも……歩美が可愛くてさ」

「そそ、そういう恥ずかしい台詞は禁止だ！」

「ほら可愛い」

「だ、だから止めろっ！」

顔を真っ赤にしながら立ち上がる。

「あれ？　どっかいくの？」

「キミが変なことを言うからだ。ち、ちょっと顔を洗ってくる」

本当に恥ずかしそうに顔を赤くしながら、歩美は教室を飛び出していってしまった。

ポツンッと自分の席に一人残される。

（こうなると寂しいよなぁ。やっぱり）

はぁっと息を吐くと、知樹は机に突っ伏した。

「水島君……ちょっといい？」

なんて言葉をかけられたのは、ちょうどその時のことである。

「え？　あ……えっと……桑島《くわしま》さんと三橋《みはし》さん？」

顔を上げるとクラスメートの女子二人がすぐ目の前に立っていた。

「あ……名前覚えてくれたんだ」

「ちょっと嬉しいかな」

「ま……まあその……クラスメートの名前くらいは……」

話しかけることさえできないからこそ逆に、名前と顔だけはしっかり覚えている。

「でも、その……二人とも僕に何か？」

「うん。ちょっと歩美のことで聞きたいことがあって」

「私たち二人とも中等部時代は歩美の友達だったから……。その……ちょっと気になって。あの子、高等部に入ってから急に変わっちゃってさ……。どうしちゃったのかなって」

決して言葉だけじゃない。二人が本気で歩美を心配しているということは、表情を見ればすぐにわかった。

「歩美だけじゃない。先生だって変よ。市ノ瀬先生って中等部でも歴史を教えてくれているんだけど、前は明るくて、みんなの話を親身に聞いてくれて、すごくみんなから好かれてる先生だった。なのに……最近は授業のことしか応えてくれない。前は一緒にお昼を食べたりしてくれてたのに……」

「それに楓ちゃんも……」

歩美の友人で、朱音とも親しくしていた二人は当然楓とも面識があるらしい。

「ちょっと前に校内で楓ちゃんに会ったから挨拶したんだけどね……。返事をしてくれなかったの。前は楓ちゃんの方から積極的に挨拶してくれたのに、目も合わせてくれなかった……」

「で、それが気になったから、中等部で仲がよかった子たちにどうしたのか聞いてみたのよ。そしたら、クラスでもそんな感じらしくて……」

「入学式の日の自己紹介といい……一体何があったの？　水島君ならそれを知ってるんじゃないの？　もし知ってるなら、私たちに教えて。何かその……問題があるなら、歩美たちの力になりたいの」

「その……今まで話したこともなかったのにいきなりごめん。でも、本当に心配なの」

まっすぐこちらを見つめてくる。

これまでこの二人――この二人に限らずだが――とまともに会話したことないけれど、信頼できるような気がした。二人の市ノ瀬家の人々に対する想いは本物のように思える。いや、二人だけじゃない。

そこで知樹は何気ない風を装いながらも、クラスメートたち全員が自分に意識を向けていることに気付いた。

やはりみんな自ら孤立しようとしている歩美のことを気にしているらしい。

この反応は正直嬉しかった。いいクラスに入ることができたんだな――と、今さらになって思う。

(僕一人じゃ無理だけど……。みんなの力を借りれば、歩美たちを説得できるかな?)

自分一人で悶々と悩んだところで答えを導き出すことなどできない。でも、クラスのみんなと一緒なら。みんなに歩美たちと付き合っていることを話せれば――。

「じ、実はさ……」

「何をしているんだ?」

瞬間、耳元でボソリッと囁きかけられた。

ゾクゾクッと背筋に冷たいものが走る。

「え? あ……あ、歩美?」

振り返ると、教室を出ていた歩美が戻ってきていた。

普段とあまり変わりない様子――に、一見見えるけれど、猫のような瞳は氷みたいに冷たい。

「あ、その……歩美。これは……」

言い訳するように桑島さんが口を開くが、歩美は知樹を見つめたまま一切視線を動かさなかった。

「ちょっと……ボクと一緒に来てもらおうか」

ガシッと手首がつかまれる。そのまま無理矢理立ち上がらされた。グイッと教室から引っ張り出される。

「え？　ちょっ――あ、歩美？　ど、どうしたの？　どこに行くの？」

わけがわからず問いかけるけれど、なんの返事もしてくれない。結局連れていかれるがままにならざるを得なかった。

＊

「どういうつもりだ？」

ギロッと歩美が睨みつけてくる。

場所は保健室。

ムチッとした太ももを覗かせながら足を組み、ベッド脇に座る歩美の前に、知樹はどこからか持ってこられた縄跳びでグルグルと上半身と、足首を縛りつけられた状態で床に転がされていた。

「ど、どういうつもりって？　な、なんのこと？　ってかこれ、解いてよ」

「なんのこともないだろ。惚けるな！　言ったはずだよな？　浮気はするなって約束したはずだよな⁉」

解けという言葉を完全に無視しつつ、猫目をナイフのように鋭く細めると、ぐさぐさ肌に突き刺してくる。なんだか痛みまで感じるのは気のせいか？

「う、浮気って……僕は別に浮気なんかしてない。た、ただちょっとクラスメートと話をしただけだよ」

「それは浮気だと教えたはずだ」

「だ、だから全然浮気なんかじゃないって！　そんな考え方おかしいよ‼　ぼ、僕たちだってクラスの一員なんだよ⁉」

視線だけで怯みそうになるほどの迫力を感じた。けれど萎縮する自身の心に発破をかけ、幼なじみに対して反論する。

この際だからこそ、言いたいことを言い、説得しなければならない。学園生活は自分たちだけで送るものではないのだ。

「クラスの一員？　そんなの関係ない。だってボクたちは恋人同士なんだ。だから他のものは何もいらない？　そうだろ？」

「な、何もいらないって……そんなの違うよ。間違ってる。僕は歩美たちにもみんなと仲良くして欲しいんだ！　それに……歩美たちと付き合ってることをみんなにも教えたい」

「ボクは間違ってなんかない……。それに、何度も言ってるけど、ボクたちにには知樹以外いらない。他の人に自慢だってしたくない。ボクたちだけの知樹でいてくれればいいんだよ。それがわからないの？　間違ってるのは知樹の方だよ。ボクたちという恋人がありながら浮気をした言い訳に、そんなわけのわからないことを言うなんて許せない」

「う、浮気なんかしてないって……。ただ話をしていただけだよ」

「ボクたち以外と話をするのは浮気だって、教えただろ!!」

駄目だ。まるで話が通じない。

「……現場を押さえられておいてまだ、誤魔化そうとする。はぁ……これはオシオキをしないといけないいな」

「お、オシオキ？」

一体何を？

なんて一瞬頭の中で考えた次の瞬間――

「はううう っ！」

唐突に股間部を足で踏みつけられた。黒いニーソックスを履いた柔らかな足裏で、グニイッと制服ズボンの上から肉棒を押し潰される。急所に与えられる圧迫感に、跳ねるようにビクンッと身体が震えた。

「ちょっ、な、何をっ⁉」

「何って——もちろんオシオキに決まっているだろ？　これからたっぷり虐めてやるから覚悟しろよ」

わけがわからず問い返すと、ニタアッと歩美は笑った。

それと同時に股間部に押しつけた足をゆっくり上下に動かし始める。シュッシュッとソックスとズボンが擦れ合う音が響いた。

「うあっ！　な、う、動かしちゃ駄目だよ。くっ、うあっ、や、止めて。ちょっとそれ止めてってって」

足裏でペニスを撫で上げてくる。それほど激しい動きではないけれど、肉棒を上から押さえこみつつ、ねっとりと絡みつくような動きに、思わず腰を左右に振ってしまった。

「止めて欲しいのか？　だったら知樹、自分が悪かったことを認めるんだ。浮気をしてごめんなさいとボクに謝るなら、止めてやってもいいぞ」

「だ、だから僕はそんなことし、してないって……。僕が好きなのは市ノ瀬家のみんなだけだよ」

「す、好きなのはボクたちだけ？」

本心からの言葉を向けると歩美はわずかに頬を赤く染め、照れるような表情を浮かべる。

「当たり前だよ。だからぼ、僕は浮気なんかしてない。だから、こ、こんなこと止めて。お願いだよ」

幼なじみの見せる反応に、わずかに手応えのようなものを感じ、重ねて懇願した。

「……だ、駄目だ。ぼ、ボクは騙されないぞ！」

だが、ブンブンッと何度か首を横に振ると、頬を染めたままではあるが再び鋭く猫目を吊り上げ、睨んでくる。

「騙すって……僕はそんなつもり……」

「なんだかんだいって、知樹は浮気を認めてないし、ボクに謝ってもいない。心地いい言葉だけを向けてボクを誤魔化そうとしても無駄だ。しっかり反省しろ！」

聞く耳を持ってくれない。

歩美はフンッと怒りの鼻息を漏らすと共に、シュッシュッシュッとさらに足で股間部に刺激を与えてきた。

「こ、こんなところでだ、駄目だよ。も、もし誰かに見られたら、学校にいられなくなっちゃう」

「大丈夫だ。保健の宮古《みやこ》先生は今日は出張中で学校にいない。それにドアにもしっかり鍵はかけてある。誰か生徒が来ることだってないぞ」

「そ、そんなのわからないよ！」

「……まぁ確かに万一ということもあるな。だが、それならそれで構わないさ。ボクは知樹と一緒なら別に学校を退学になったたって構わないと思っているよ」

この言葉が冗談じゃないことは、目を見ればわかる。

「そんなのだ、駄目だよ。い、今なら、今ならまだ間に合うから止めよう！」

「止めようか……。ふふ、そんなことを言っておきながら、こっちはもう硬くなってきたぞ。本当はもうしたくてしたくて堪らないいんじゃないのか？」

グニュウッとズボンの上から肉棒に圧力を加えてくる。止めてくれという言葉とは裏腹に、断続的に与えられるどこかもどかしさを伴った足裏の感触に、肉棒は硬く屹立し始めていた。

「そ、それは……その、ちがくて……」

「何が違うんだ？　ほら、こうやって足で扱かれて気持ちよくなってるんだろ？」

親指を肉茎の輪郭をなぞるように蠢かせてくる。膨張し始めていたカリ首を指先でなぞられた途端、ヒクヒクッとズボンの中で肉棒が敏感に反応を示した。

（駄目だ。これ……駄目なのに……き、気持ちいい……）

散々肉悦を知ってしまっている上、日常的に精力剤を摂取させられているために、童貞の頃よりも明らかに肉体は敏感になってしまっている。

こんな状況で硬くしては駄目だと理性では理解しているのだけれど、意識だけではどうすることもできそうになかった。

「はぁはぁ……すごいな。ズボンの上からでもはっきりわかるくらい勃起してきたぞ。そんなに気持ちがいいのか？」

「ぼ、勃起なんかしてない！　してないよ!!」

反射的に否定するものの、説得力などまるでないことは自分でも理解している。

実際ズボンには勃起ペニスによってテントが張られていた。股間部が内側に何か大きな玩具を隠しているのではないかというくらいに膨れあがっている。

「これで勃起してないというのは無理があるぞ知樹。だが……きみの言葉を実際に確認もせずに否定したくはない。だから、ボクはキミのズボンを下げるぞ！」

ジョジョジョーッと制服ズボンのファスナーを足の指で器用に下げてくる。足だけでズボンを脱がされた。ボクサーパンツが露わになってしまう。その下着さえも、容赦なく下ろされてしまった。

これによって肉棒がビョンッと勢いよく飛び出る。言い訳しようもないくらいに、肉槍は猛々しく屹立していた。

「ふふ、やっぱり勃起してる。はぁ……。いつ見ても、知樹のち×ぽはすごく大きいな。なのに……可愛いよ」

「違うんだよこれは!! み、見ないで、見ないでよっ!」

焦りながら腰をくねらせるが、歩美の視線から逃れることはできない。

「違う? 何が違うんだい? こんなに硬くなってるのに、これは勃起じゃないとでもいうつもりなのかい?」

ソックスを履いたまま、ペニスに足を密着させてくる。温かな体温が肉茎を通じて伝わってきた。少しごわごわしたソックスの感触に、肉竿が跳ねる。

「はぁああ……。相変わらず、知樹のち×ぽは熱いな。この熱気だけで……ボクのま×こ……濡れてきちゃうよ」

「ぬ、濡れるって……」

思わず愛液に塗れる花弁を想像してしまう。

「ははっ、なんだかち×ぽがまた大きくなった。イヤらしい想像をしただろ? 本当に知樹はエッチだなぁ」

「し、してない。え、エッチな想像なんかしてないよ」

「嘘をついても無駄だぞ。ボクはキミのことならなんでもわかる。それに……ここは君の口よりもずっと正直だ。ほら、こうされると感じるだろ？　気持ちいいだろ？」

ソックスを履いたまま、足の親指と人差し指で肉茎を挟みこんできたかと思うと、シュッシュッと手でする時と同じように肉茎を扱き始める。

「う、うあっ！　だ、駄目だよっ！　くっ、うあ、止めてっ！」

数度擦られるだけで、すぐに性感が脳髄でスパークした。

「ふ～ん、まだそんな口をきけるのか。でも……知樹は本当にスケベだからな。さてさて、果たしていつまでそんな口をきいていられるか、楽しみだな」

「いつまでって……こ、こんなやり方で僕は感じない。だから、ほ、本当にもう止めて！　こんなの無駄だから」

自分を侮るような言葉に対して反論するのだが――自分で言うのもなんだけれど、まるで説得力などない。

実際ペニスは足で扱かれるたびに大きさを増していく。肉先からは半透明な先走り汁が分泌され、黒いソックスに染みこんでいった。

ぐちゅっぐちゅっぐちゅっ――濡れたソックスと肉茎が擦れ合い、淫靡な音が響き渡る。この湿った音色が、より知樹の本能を刺激した。

「もうこんなに汁が出てきた。もしかしてもう射精したいんじゃないのか？」

「そ……そんなこと、な、ないよ……」

なんて否定をしても、本音を言えばすぐにでも射精したい——というくらい、射精衝動は数度扱きされただけで増幅していた。多分普段だったら間違いなくこの段階で理性が飛んでいたことだろう。

けれど、必死に膨れあがろうとする本能を抑えこみ、歩美の言葉を否定する。

(耐えろ！　今日は我慢しなくちゃ駄目だぁっ！)

屈するわけにはいかない。こんな関係は間違っていると教えなければならない。

必死に自分に言い聞かせる。

「へぇ……。思ったより頑張るな。でも、こっちは射精したい射精したいって言ってるぞ」

だが、そんな知樹を嘲笑うように、歩美はよりペニスに対する圧力を強めてきた。

じゅぐっじゅぐっじゅぐっじゅぐっ——片足だけではなく、両足でペニスを挟みこみ、扱き上げてくる。一回扱かれるたびに、肉棒は大きくなり、鈴口がパクパクと餌を求める魚みたいに開閉した。

(だ、駄目だ。これ、た、耐えられない——無理だ。気持ちいい。で、射精《で》ちゃう。射精ちゃうよ)

強すぎる刺激を前に、簡単に突き破られてしまう。下腹部からわき上がってくる熱気が、脳髄を蕩かせた。

（も、もう――）

チカッチカッと視界が明滅する。

瞬間――

「――へ？」

唐突に歩美が足扱きを止めた。当然ピタリと膨張してきた熱気も停止する。

あまりに突然の出来事に、思わず幼なじみに対して「どうして？」と問いかけるような視線を向けてしまった。

「どうしたんだ？　変な顔をしてボクを見て……。もしかして……射精したかったのか？」

「そ、そんなこと……な、ないよ……」

「だろ？　だったらなんの問題もない。それじゃあ……再開するぞ」

悪戯っ子みたいな表情を浮かべつつ、再び歩美が足扱きを再開してくる。ニチャニチャという音色と共に与えられる刺激に、ペニスはまたも射精しそうなほどに昂ぶっていった。

「くあっ、ああああ――あっ？　え？　ああ……」

だが、再び射精直前で足扱きを止められてしまう。

「な、なんで？」

今度は聞き返してしまう自分がいた。

「なんで？　それって……なんで射精させてくれないのかってこと？」

「そ……そんなわけじゃ……んっく、あっあああ」

否定と同時に動き出す足——当然のように膨れあがる射精感。すぐさま肉竿全体が痙攣し始める。

だが——

「ど、どうして？」

またも焦らされてしまう。

「そのどうしてはどういう意味？」

サディスティックな笑みが、歩美の口元に浮かんだ。こんな状況だというのに、なんだかその表情がとても艶やかなものに見えて、より肉棒が大きくなってしまう。

「答えてくれないとわからないよ」

ぬじゅぅっとゆっくり蠢く足で、よりペニスが刺激された。

「だ、だから……ど、どうして射精させてくれないの!?」

これ以上我慢なんかできない。ついに耐えられなくなり、欲望を素直に口に出す。

「どうして？　もちろん……オシオキだからだよ。簡単に気持ちよくさせちゃったらオシオキにならないだろ？　むしろご褒美じゃないか。だからだよ」

「そ、そんな……」

ジンジンと下腹部が疼く。正直言うと射精したくて射精したくて仕方がなかった。

「射精《だ》したいかい？」

「だ、射精したい……」

増幅する本能に流されるがまま、頷かざるを得ない。

「そうか、それじゃあ……自分の間違いを認めるか？　僕は浮気をしました、僕には……歩美たちしかいりません。歩美たちにも僕以外いりませんって言えば、射精させてあげるよ」

「そ……それは……」

「さあ、どうする？」

はっきり言うと、射精衝動はすでに抑えきれないほどのものになっている。射精さえできればそれでいい。そう思う自分もいた。

「……ぼ、僕は間違ってない……」

けれども、最後の理性を振り絞る。

「み、認めるわけにはいかないよ。その……浮気云々《うんぬん》だけなら、誤魔化せるし、歩美たちしかいらないってのも認められる。だけど……歩美たちには僕しかいらないってのは認められないよ」

「……ふ〜んそっか。まだそんな戯れ言を言えるだけの元気があるんだな。わかった。それじゃあ、その元気がいつまで保つか……たっぷり確かめさせてもらうよ」

スウッと瞳を細めると共に、足扱きを再開してくる。

「うっ、くっ、うあああぁ」

すぐさま射精感が膨れあがってくる。けれど、当然のように寸止めされてしまい、またも焦らされる結果となってしまう。

「キミが間違いを認めるまで、ボクは足扱きを、やめない！」

肉汁でグチョグチョに濡れたソックスによって、ひたすらペニスは焦らされた。昼休み終了の予鈴が鳴り響いても、歩美は行為を中断しない。

チュクッチュクッチュクッという淫らな音色が、保健室内に響き渡った。

「さぁ……はぁはぁ……認める気になったかな？　僕が間違ってましたって言えば、射精させてあげるよ」

「間違ってない。ぼ、僕は間違ってない」

こちらを責めれば責めるほど、歩美の顔は紅潮していく。吐き出される吐息の中にも熱いものが混ざり始めた。

それがまた本能を刺激するけれど、それでも必死に否定する。最後の意地のようなものだった。

――数十分後。

「ふうっふうっふぅ……。なかなか頑張るな。思った以上だよ。知樹にもこんな意地っ張りなところがあったんだな。はぁはぁ……少し見直した。ふぅ……ふふ、惚れ直しもした。褒めてあげるよ」

「だ、だったらもう……」

気が狂いそうなほどに肉棒が熱い。すでに射精したんじゃないかと錯覚するほどに、肉茎は肉汁に塗れていた。

「なら認めるか？　間違いを」

「そ……それは……」

自分のことだけならば、とっくに認めていたと思う。でも、今回の件は自分だけの問題ではない。

「なら……続行だ。ただ……」

「た、ただ?」

「ここからはもっとつらい責めになるぞ」

「ど、どういうこと?」

「簡単なことだ」

ペロッと歩美は舌なめずりをした。口腔から覗き見えた舌が、なんだかとても艶めかしく視界に映る。

幼なじみは自分のスカートを外すと、赤い色のショーツも下ろし、上半身は制服、下半身は剝き出しという姿となった。

クパッと花弁が開き、肉襞が覗き見える。すでに媚肉は愛液でグチョグチョになっていた。

「今度はここを使う」

「そ、そんな……そんなの無理だよ」

「知樹に答えは聞いてない」

問答無用だった。

ゆっくりと歩美はしゃがみこんでくると、肉茎を細指でつかみ、亀頭をグチュッと膣口に押しつけてくる。すぐさま肉先にヒダヒダが絡みついてきた。

「くっふ、うああっ」

触れただけで射精てしまいそうなくらいの性感を覚える。

「射精しては駄目だぞ」

だが、射精は許されない。歩美はどこからかリボンを取り出すと、ギュウッとそれでペニスの付け根を縛ってきた。

「こうすれば射精《だ》すことはできないだろ？」

「そ、そんな……そんなぁ……」

「射精したくなったら、いつでもボクに謝るんだぞ。それじゃあ、いくぞ——んっ」

ぐじゅっ、じゅるるぅっと淫らな音を奏でながら、腰をさらに落としてくる。ズプズプとペニスが蜜壺の中に呑みこまれていった。

「うっく、あっ、こっれ、あっあっ、す、すごい。ぐちょぐちょだ。歩美の膣中、グチャグチャに濡れてる……。うっく、あっあっ、か、絡む。絡んでくるぅ」

まるで膣中だけが別の生物になっているかのように感じる。キュウッと窄まる膣口。膣中のヒダヒダ一枚一枚が、余すところなく肉竿を締め上げてきた。緩急つけて揉み上げるような刺激が肉棒に与えられる。結合部を通じて、歩美の膣中に自分自身が溶けていくかのような性感を覚えた。

「はふ、あああっ。そ、そうだろ？　ボクのま×こ……おしっこも、漏らしたみたいになってるだろ？　ふふ、これ……知樹のち×ぽを見ただけで……あっあっ、こ、こんなに濡れてしまったんだ」

トロリッと愛液が溢れ、下腹部を濡らす。

「知樹のことを考えるだけで、ボクのま……はふっはふっはふぅ……ま×こは、こ、こんなっに、はぁっはぁ……ぬ、濡れてしまうんだ。ボクにはキミだけが……あっうう……い、いればいいんだよ？　それがわからないの？　まだ、知樹は……あんん……じ、自分が正しいと思ってるのかい？」

　優しく頬を撫で回される。鼻息が届くほど近くまで顔を近づけられた。正直理性が揺らぐが——

「そうだよ。ぼ、僕は、間違ってない……」

　認めるわけにはいかない。

「本当に頑固だな。でも……こ、これでも我慢できるかな？　んっく——はふっ、あふぅううう」

　瞬間、ドジュッと肉棒が根元まで膣中に呑みこまれた。がっちりと柔肉がペニス全体を咥えこむ。蕩けるような性感が走った。

「す、すごっ、あっ、い、いいっ♥　き、気持ちいい♥　あっあっあっ、き、気持ちいいぞ♥　こっれ、い、絶頂《イ》っく♥　挿入れられただけで——ボク、ボク……絶頂くッ♥　絶頂くのぉおお♥」

　肉先が子宮口を叩いた刹那、挿入だけで歩美は達する。ギュウウッと蜜壺が収縮し、子種を搾り取ろうとするかのように、ペニスに絡みついた。蕩けるような性感がペニスを襲う。爆発しそうなまでに射精衝動が増幅した。

　しかし——

「くっあ、だ、射精《だ》せない。ああ、だ、射精せないぃいいい」

ペニスの根元を縛りつけられているため、白濁液を撃ち放つことができない。気が狂いそうなほどの焦燥感が知樹を襲った。

「ああ、すごい……び、ビクンビクンってボクのま、ま×こで……知樹のち×ぽが動いてるよ。くっ、この刺激だけで感じる。ああ、き、気持ちいい……。ふ、ふふ……やっぱり、知樹とのセックスは最高だよ」

白い肌を桃色に染め、ねっとりと甘い発情臭混じりの汗を分泌させながら、潤んだ瞳をこちらへと向け、肢体を小刻みに震わせる。

「どう？　知樹？　射精したい？　あっあっ……ぼ、ボクの膣中にせーえきびゅっびゅって射精したい？」

「だ、射精したいよ。射精したい！　歩美の膣中に射精したい」

否定できるはずがない。

「それじゃあ、何をい、言えばいいか？　わかるね？」

「そ……それは……」

だからといって認めることもできない。未だ理性は完全に死んではいないのだ。

「本当に我慢強いな。お、男らしくて……惚れ直すよ。んっんっんっ……で、でも、その我慢……これでも続けられる？　んっ、んんっ……んんんんん♥」

にゅじゅっ、ぐじゅっ、ぬじゅるぅ――挿入しただけでは終わらない。ゆっくりと歩美は腰を振り始めた。

膣奥まで呑みこまれていたペニスが引き抜かれていく。これを逃すまいとするように食らいついてくる肉襞によって、肉茎、カリ首、亀頭が撫で上げられた。まるで全身を淫靡な肉壺で締め上げられているような錯覚を覚える。

「あっ、あっふ……す、すごい。す、すこっし、少し動いただけで……んっく、あっあっ、また、またち×ぽが大きくなってきた。ボクのお腹が、膣中から押し広げられてるみたいだよ。これ……まった、また来ちゃう。ボク……ボクまた……くっ、ふううう♥」

肢体がまた痙攣する。結合部からブシュアアッと愛液が飛んだ。どうやらまた達したらしい。

「あっは……はぁあああ……♥　いいよ。これ、このち×ぽ……すごくいい。こっれ、なら、な……何度も、何度も気持ちよくな、れるよ♥」

口端から涎を垂れ流しながら、歩美は微笑むと、肉壺を絶頂によって痙攣させたまま、ジュボッジュボッとまるで男が女を犯す時のように激しく、淫らに、腰を振り始めた。

「あっあっあっ、い、いいっ♥　これ、き、きもっち、気持ちいい♥　あっあっあっ、

はぁっ♥
はっ♥
びくっ!びくっ!

すごい。ち×ぽいいよ。とけ、ちゃ……う。あっあっあふっ♥　ぼ、ぼっく、ボクの、ボクの身体が溶けちゃいそうだよ♥」

ばっちゅんっばっちゅんと腰と腰がぶつかり合う音が響く。

「絶頂っく♥　まった、また……いっぐ、いきゅのっ♥　き、きもっひ、きもひよしゅぎる♥　こっれ、しゅごいの♥　おしゃえられない♥　絶頂くの、いきゅのがまんれきないのぉ♥」

ピストンのたびに歩美は達する。達するたびに肉棒への締めつけがより強いものに変わっていった。

その締めつけが、当然のように肉棒により強く、激しい性感を与えてくる。視界が明滅するほどの快楽。膨張する射精感は、ペニスを内側から破裂させるのではないかというほどに膨れあがっていく。

(だ、射精したいっ！　射精したい射精したい射精したい射精したい射精したい!!)

それだけしか思考できなくなっていく。

「ほっら、んっく……あっふ、んふふ……。はぁっはぁっはぁっ……。だ、だひたいかい？　ぼ、ぼきゅのなかに、しぇーえきらひたいかい？　ふっふっふんんん」

「だ、射精したい。射精したいよ」

コクッコクッと何度も頷いた。

「ボクも、ボクも欲しい。なっかに、ま×こにドビュドビュしぇーえきら、らひて欲しい。あっく、んっんっんっ、だっから、んんんん。な、何をい、言えばいいか、わ、わかりゅね？　ほら、いって、いってぇ♥」

「だけど……でも、それは……」

「い、いいのか？　いわないと――あっく、いわにゃいと、じゅっと、じゅっとこのつままらじょ。そ、しょれでも、き、キミは、ともひはたえられりゅ、のっかぁ？」

なんて言葉をこちらへと向けながら、さらにピストン速度を上げ、何度も何度も歩美は絶頂に至る。

「だ、だけど……。ぼ、僕は、あ、歩美たちにも……みんなと仲良くな、なって欲しいんだ」

気が狂いそうなほどの性感に抗いつつ、思いの丈をぶつける。

「ら、らから……しょ、しょんっなことは……んっんっんっ……き、気にするひ、ひちゅようはないんら。らって、らってぼきゅたちは、知樹が、知樹だけがいればいいんだから！　にゃんでそれがわからないんら馬鹿ぁ！　んっちゅ、ちゅっちゅっちゅっちゅっちゅっちゅぶるるるるぅ。くっちゅ、むちゅっ、ちゅにゅるぅ」

ピストンを続けつつ、キスをしてくる。舌に舌が絡んできた。同時に唾液が流しこまれる。激しく貪られる口腔。ジュルルルッと音を立てて口内を吸引されるだけで、思考が性感でぐしゃぐしゃになっていく。

「すきら♥　すきなんら♥　んっく、んちゅっ、ちゅっちゅっちゅばぁ。あ、あいひてりゅ。あいひてりゅんらぁ♥　あぶ、はちゅう……。いりゃない。知樹がいれば、他のものにゃんか、なっにも、何もいりゃないぃ♥　ちゅっちゅっちゅぶうう」

熱い想いが伝わってくる。彼女の言葉に嘘や偽りはない。心のそこからの叫びであるとはっきりわかる。

それと同時に――

（駄目だ。できない。説得なんかできっこない……）

そのことを知樹は悟った。

「わ、わかった。わかったよ……」

「と、ともひ？」

「……僕が。僕が間違ってた。謝るよ。ごめん。ごめんね……」

「知樹♥」

最早これ以上耐えることに、なんの意味もない。

だから――

「だ、射精させて……歩美の膣中《なか》に……精液射精したい！」

素直に欲望を口に出す。

「うん！　うんっ♥　だし、射精して──。ボクの、ボクの膣中にたくさん……たくさんせーえき射精してぇっ♥」

歩美は歓喜の表情を浮かべると共に、肉棒を縛っていたリボンを解いた。

「歩美っ！　歩美ぃいっ!!」

肉棒に感じる解放感──それと共に拘束された状態では難しいけれど、必死に腰を振った。これまでの鬱憤を晴らすように、何度も膣奥を繰り返し突き上げる。

「あっあっあっあっあっ♥　らっめ、はげししゅぎるぅ♥　しょっれ、しょれらめぇえ♥　ふっひ、いっぐ、いっでりゅ♥　ぼきゅ、ぼっきゅ、突かれる──ちゅかれるたびに、絶頂ってるのぉ♥」

膣奥を叩くたびに達した。達するたびにペニスが締め上げられた。締め上げられるたびに肉先が膨張した。

そして──

「射精るっ！　射精る射精る射精る射精る射精るぅうううううっ!!」

これまで以上に膣奥までペニスを突きこんだ刹那、散々これまで焦らされ続けた射精衝動が弾ける。比喩抜きに視界が真っ白に染まった。

ドクッドクッと肉茎が震え、鈴口から熱液が溢れ出す。多量の白濁液が、一瞬で膣中全体を満たしていった。

「あっふ――ふひっ!!　あっあっあっあっあっ！　で、でってる♥　でてりゅぅう♥　こっれ、ぼっくの、ボクのま×っこに、せ、せーえき――しぇーえきれてるぅうう♥　こっれ、しゅごい、あっあっあっあっあっ」

瞳孔まで開いているのではないかと思うくらいに、瞳が見開かれる。

「あちゅい。ボクのま×こがしぇーえきれあちゅくなるぅ♥　むっり、これむっり、た、たえられにゃひ♥　いぎゅっ、ぼっく、ボク――まった、まらいぎゅっ♥　いぎゅいぎゅいぎゅいぎゅいぎゅいぎゅううううう♥」

歩美はこれまでで最大級の絶頂を迎えた。全身を激しく痙攣させながら、背中を弓形に反らせる。吐き出される白濁液を最後の一滴まで搾り取ろうとするかのように、肉壷が収縮した。

「あっあっあっ――で、でっりゅ、でりゅ、でりゅうう♥」

肉悦によって全身から力が抜けたためだろうか、膀胱が開き――そのままジョボッ、ジョロロロオッと黄金水まで歩美は漏らす。

「お、おひっこ、ぼきゅ、おひっこまれ、もらひひゃってる。保健室で――おしっこもらしちゃっへるよぉ。なのっに、にゃのにきもひいい♥　おしっこ、おしっこまれきもひいいのぉ♥」

室内に尿独特の匂いが広がっていく。黄金水によって、下腹部が熱せられていくのを感じた。

「……はっふ、はふっ、はふっはふぅ……。あはぁああ……。す、すきら……。すきらよ知樹ぃい♥」

「僕も、僕も好きだよ歩美――」

幼なじみの愛に知樹も応える。

「んちゅっ……。ちゅぶっ……。くちゅっ。ちゅぶぅ……」

唇と唇を重ね合わせた。

「あふっ、んふぅ……。ともひぃ♥」

うっとりとした表情を歩美は浮かべる。同じような表情を、きっと自分も浮かべていることだろう。

だが――

(歩美たちを説得することなんてできない。なら――)

そうして蕩けるようなキスを交わしつつ、知樹は一つの決断を残った理性で下す。

「ふふふふ～♥♥♥」

「うわっ！　おねぇちゃんの顔が緩みに緩みまくってるの。き、気持ち悪いの」

「ふふ、気持ち悪いとはずいぶんなご挨拶だな楓」

「だって事実なの。何かあったの？」

「実はな、知樹が自分の過ちを認めて謝ってくれたんだ。そしてボクに何度も何度もキスを……ああ～。思い出すだけで濡れる！」

「ぐ、ぐぬぬぬぬ～。ぬ、濡れるとか下品なこと言っちゃ駄目なの!!」

「だって事実だからな。楓だって知樹に何度もキスされれば濡れるだろ？」

「そ、それはそうだけど……。おねぇちゃんだけずるいの～！」

「それはよかったんだけど、でもママ。ちょっと気になることがあるの」

「気になること？　なんだ？」

「ん……その……知樹君ってあれで結構意志が強いところあるじゃない？」

「そうなの！　おにぃちゃんは一度決めたらそれをやり遂げる男なの!!」

「実際ボクとの約束も守ってくれたしな！」

「〝私たち〟との約束よ！」

「むむ～。で、その……その意志の強さと母さんの気になることにどんな関係が？」

「簡単なことよ。つまりね、それだけ意志が強い知樹君が、本当に自分の間違いを認めたのかってことよ」

「……で、でも、知樹はボクにごめんって言ってくれたぞ」

「そうね。でも念には念を入れて知樹君をちょっと監視してみましょう。知樹君が何を考えているのか……じっくりたっぷりね♥」

「うん……そうなの。それがいいの！」

「そうだな。しっかり監視して、知樹が間違っていないか調べないとな。でもって間違っていたら、しっかり矯正してやらないとな」

第五章　監禁　もう絶対に逃がさない！

数日後の夜——市ノ瀬家のみんなのとの肉の交わりを終えた深夜——、知樹はムクリッと身体を起こすと、自分と一緒のベッドに横になるみんなに視線を向け、

「朱音さん。歩美。楓ちゃん」

一人一人に声をかけた。

返事はない。みんなぐっすりと眠っているようだ。

「よし——」

起こさないように気をつけながらベッドを降りる。タンスの中からとりあえず制服を取り出して身に着けると、

「みんな……ごめんね」

謝罪の言葉と共に別れの手紙を机の上に置いて——家を出た。

(僕がいるとみんながおかしくなっちゃう。それに……僕だってやっぱりみんな以外を拒絶するのはつらい。だから……もうこうするしかないんだ)

せっかく入った学校を辞め、実家に帰る。

多分というか間違いなく、両親は怒るだろう。それでもこうする以外に道はない。

多少の肌寒さを覚えながら、手にはこの日のためにみんなの目を盗んでなんとか手に入れた深夜バスのチケットを握り締めつつ、知樹は一人駅に向かった。

(勝手な奴でごめん。さよなら……)

心の中で謝罪しつつ、駅に併設されたバスターミナルに足を踏み入れ——

「う、嘘……」

知樹は呆然と呟く。

「遅かったわね知樹君」

「もう、来ないかと思って心配しちゃったの」

「女子を待たせるというのはあまり感心しないな」

なぜ？　どうしてみんながここにいる？

家で寝ているはずの三人が、どうしてこのバスターミナルに？

しかも、自分よりも早く……。

「あ〜、おにぃちゃん驚いてるの」

「ボクたちがここにいるなんて考えもしていなかったんだろ？　なら無理もないさ」

「驚かせちゃってごめんなさいね。でも、全部知樹君が悪いのよ。私たちから逃げようとなんてするから」

瞳を見開き、驚愕の表情を浮かべたまま硬直する知樹に対し、三人は世間話でもするみたいに無邪気に笑った。

「な……なんでここに？」

しばらく呆然とした後、絞り出すように尋ねる。

「なんでって、それはもちろん……知樹が今日、この時間、ここを出るバスのチケットを買っていたからだよ」

「え？　き、気付いてたの？」

「当たり前だろ。知樹のことだったらなんだって知ってる。監視もしてたしな」

当たり前だと言わんばかりの口調だ。

「か、監視って……。だけど……どうやって僕より先にここに？」

「そんなのママの車に決まってるの」

「く、車って……え？　も、持ってたんですか？　というか、運転できたんですか？」

物心ついた頃から、朱音が運転している姿なんか一度も見たことがない。どこかへ出かける時は必ずと言っていいくらい、知樹の母が運転する車で出かけていたはずだ。

「失礼ね。私だって運転くらいできます。ま、まぁ……運転したのなんて免許取って以来だったから……ちょっとは怖かったけど」

「ちょっとって……かえでは死ぬかと思ったの……」

「ボクはちょっとその……も、漏らした……。その、ちょ、チョビッとだけだけどな……」

チョビッと漏らすほどって、どんな運転なんだ？

なんてことを考えていると、近くに非常に高そうな黒い車が停まっていることに気付いた。そのボディーは所々へこんでいる。それどころかヘッドライトの一つが割れていた。

「よ、よくみんな無事だったね。よかったよ……」

心の底から安堵のため息を漏らす。

「フンッ。他人事みたいに言うんじゃない。だいたいボクたちがこんな目に遭ったのは知樹のせいなんだぞ！」

「そうなの!!　おにぃちゃんがこんな手紙を残して家を出ていっちゃうから……」

自分が市ノ瀬家を飛び出したわけを綴った手紙を、楓が突き出してくる。

「ねぇ知樹君……。ここに書いてあることは本気なの？」

すがるような視線を朱音が向けてきた。手紙の内容が嘘であって欲しいと願うような表情が浮かぶ。その顔に胸がチクリッと痛んだ。

「……本当です」

それでも今さら嘘はつけない。素直に認める。

「はぁ……まだそんなことを言っていたなんてな。呆れたよ」

大仰に歩美が息を吐いた。

「この間も言ったばかりだろ？　知樹がいれば他に何もいらないって……」

「わかってるよ。でも、やっぱり、こんな関係間違ってる」

「キミは結構頑固なところが昔からあるよな」

歩美は苦笑する。

「……ごめん」

「別に謝る必要はないのおにぃちゃん。そんな頑固なところも含めて、かえでたちはおにぃちゃんのことが好きなんだから」

「そうよ知樹君。あなたは悪くない。悪いのは……あなたに……どれだけ私たちがあなたのことを好きってこととか、どれだけ私たちにとってあなたが必要だってこととか、あなたには私たちだけがいればいいってことを、わかってもらえなかった私たちなんだから。だからあなたが謝る必要はないの」

語りながらゆっくり近づいてきた朱音が、優しく頭を撫でてくる。

「本当に行っちゃうの？　その気持ちに変わりはない？」

市ノ瀬家のみんなのことが好きという気持ちに変わりはないので、正直言うと心は揺れた。

「はい。行きます」

だけど妥協するわけにはいかない。

この選択こそが自分たちのためなのだ。

「そう……わかったわ……。それじゃあ……」

頭を撫でていた手がピタリッと止まった。

「朱音さん？」

なんだか寒気を覚え、小首を傾げ、朱音を見つめる。

「気持ちを変えてもらうしかないわね。私たちの想いを、しっかりあなたに刻んであげる」

「——え？　あ、こ、これって……」

瞬間、首筋にブスリッと注射器を刺された。チュウウッと内部の液体を注入される。

「私たちはね、知樹君なしじゃもう生きられないの」

「どれだけかえでたちがおにぃちゃんのことを愛しているのか、それをたっぷり教えてあげるね」

「そして——知樹も……ボクたちなしじゃ生きられないようにしてあげるね」

ニタリッと三人が笑った。

「う、あ……ああ……」

その笑みを見つめながら、知樹は意識を失う——。

＊

「こ、ここは？」

見慣れない部屋で目を覚ます。

とても広い部屋だ。広さは学校の教室くらいあるだろうか？　その中央に置かれた天蓋付きのベッドの上に、知樹は全裸の上、大の字状態で両手足首を拘束されていた。

「目を覚ましたな知樹」

ベッド脇から声がする。

「歩美？　こ、ここはどこ——って、そ、その格好？」

「む？　何かオカシイか？」

「お、オカシイかって、お、オカシイに決まってるよ」

歩美の格好はなぜか半袖体操服に、ブルマというものだった。体操服の胸元には『六年二組市ノ瀬』という名札がでかでかとつけられている。引っ越した後、転校先の小学校で歩美が使っていた体操服というわけか……。

（す、すごい……む、胸元が今にも引き裂かれそうだ）

服のゴムが伸び、名札の名前が歪むほどに胸元は大きく膨らんでいる。その上――

（お、お尻も……）

ブルマもムチッと張りのある尻によって、ゴムが今すぐにでも千切れそうな状態になっていた。

「おねぇちゃんだけじゃないよ」

「ほら、私たちも……」

歩美だけじゃない。朱音と楓もベッドを囲むように立っている。

「朱音さん……かえでちゃん？　そ、その格好……」

二人も普通とは言いがたい服を身に着けていた。

楓はスクール水着を着ている。やはり小学校時代のものらしく、胸元には『六年三組市ノ瀬』という名札がついていた。こちらも歩美同様歪んでいる。スクール水着とは思えないほどに、胸元には深い谷間が覗き見えた。顔はまだまだあどけないというのに、肉体は凶悪なまでに育っている。とても背徳的な姿に、思わず息を呑む。

「私の方も見て」

「あ、朱音さんまでそんな……」

娘たち同様。母親の姿も扇情的なものだった。

身に着けているのはエプロンに、黒いショーツ、黒いストッキングだけである。大きすぎる乳房が、今にも零れ落ちてしまいそうに見えた。

エプロンから覗き見えるムチッとした太股が劣情を誘う。

「ど、どういうことなんですかこれは？　こ、ここは……ど、どこなんですか？」

淫靡な空気を醸し出す三人の姿を見つめているだけで、ドクッドクッと胸が脈打ち、下腹部が疼く。そんな自身の反応を必死に理性で抑えこみつつ、三人に尋ねた。

「ここはウチの別荘だ。結構大きくてな、ボクは館って呼んでいる」

「パパが残してくれた遺産なの」

「ふふ、実を言うとね、ウチって結構裕福なのよ。私たち四人と、さらに一人に二人ずつくらい子供がいたって十分暮らせていけるくらいにね」

三人は微笑みながらギシッとベッドの上に腰を下ろしてくる。朱音の手が伸び、優しく頬を撫でてきた。

「今日からここでしばらくの間私たちはずっと、ず～っと一緒に過ごすのよ」

「学校のことは気にしなくていいの。休校扱いになってるから。ママもお休みなの」

「ここでキミを教育する」

「き、教育？」

現状には似つかわしくない言葉に、驚きの声を上げつつも、胸の高鳴りを抑えることができない。剝き出しの股間が、ムクムクと屹立していく。なんだかいつも以上に肉体は発情しやすくなっているようだった。

「そうよ。教育。どれだけ私たちがあなたを想っているのか？　そして、あなたにはどれだけ私たちが必要なのかをたっぷり教えてあげる。もちろんセックスでね」

セックス――その言葉にビクンッとペニスが跳ねる。まだ触れられてもいないというのに、爆発しそうなくらいに射精衝動がわき上がってくるのを感じた。

「こ、これ……これって……」

燃え上がりそうなほどに股間が熱い。もどかしさを覚え、腰を左右に振ってしまう。

「すごく大きくなってる。いつもよりクスリを多く注射しただけのことはあるな」

「射精したくて射精したくて仕方ないって感じなの」

「……ふふ、ねえ、したい？」

朱音は一度立ち上がると、エプロンを捲り、拘束された右手の上に腰を押しつけてきた。黒いショーツのクロッチ部分に指が触れる。途端にぐちゅうっと、当然のように湿った感触が伝わってきた。

「ほら、わかるでしょ？　私のおま×こ……もうグショグショなの……。セックスしたくてしたくて仕方がないの。知樹君はどう？　したいでしょ？」

そうして挑発的な言葉をこちらへと向けながら、手を伸ばしてペニスに触れてくる。

「くふああっ！」

ほんの少し肉先を指で突かれるだけで、ビクッビクッと激しく腰が上下に跳ねた。その上、シコシコと手淫まで行ってくる。二、三度扱かれるだけで、すぐさま肉先からはカウパー汁が分泌され始めた。

「お汁がすごいの……。はぁあああ……。ビクビクッて動いてるの……。こんなの見たら欲しくなっちゃう。かえで……我慢できなくなっちゃうの」

「……ボクもだ……。ボクのま×こも疼く……。ち×ぽを突っこまれたくて、ジンジンッって熱くなってくる……」

幼なじみたちの熱い視線が向く。きっと今触れている朱音の秘部と同じくらい、またはそれ以上に二人の蜜壺も濡れているのだろう。

考えるだけで気が狂いそうなほどに全身が火照っていく。

「セックスしたくない？　私たちのおま×こにおちん×んを突っこみたいでしょ？」

「……し、したいです。セックスしたい……。みんなを……犯したいです」

理性なんてあっという間に蕩けてしまう。わき上がる性欲を抑えこむことなど不可能だった。

したい。セックスをしたい。みんなのま×こにち×こを突っこみたい。肉壺をペニスでぐしゃぐしゃになるまで蹂躙してやりたい。

「そっか、したいのね……。私も同じよ」

「その気持ちに是非応えてやりたいな。ボクももう限界だ」

「そ、それじゃあ！」

餌を前にした子犬のように、瞳を輝かせた。

「でも、だ～め……。まださせて上げないの」

だが、拒絶されてしまう。

「ど、どうして？　なんで!?　こんなの、こんなのおかしくなっちゃう!!　僕がおかしくなる！　我慢できないよ。さ、させて……せ、セックスさせて」

気がつけば縋るように懇願さえしてしまっていた。

「つらいよねおにぃちゃん。気持ちはわかるの。かえでだっておにぃちゃんとセックスしたくてしたくて堪らないから」

「だ、だったら……」

「でも駄目だ。知樹が完全にボクたちのものになるまで、セックスはお預けだ。知樹が自分からずっとボクたちと一緒にいるって誓うまでね」

「そ、そんなの……ち、誓う！　誓うから!!」

必死に訴える。

「駄目よ。欲求を晴らしたいからって適当なことを言ってもすぐにわかるんだからね。

射精してなの」

「わかってるの。だから、射精だけはさせてあげるねおにぃちゃん。たっぷりせーし

本当に気が狂ってしまいかねない。

「無理……無理ですよそんなの！　これ以上は耐えられません」

だから、あなたが心の底から誓うまではセックスはなしよ」

欲望を訴えながら腰を左右に振っていると、楓がベッドの上に乗り、知樹の身体を跨ぐと、スク水のクロッチ部分をペニスに押しつけてきた。

「かえでで気持ちよくなってなの」

ぐじゅっ、にゅじゅっにゅじゅっにゅじゅっ――そのまま腰をくねらせ、肉棒をスク水で擦り始める。

「あっんっ……。はぁっはぁっはぁっ……。ど、どう？　おにぃちゃん……き、気持ちいい？　これなら絶頂けそう？」

「うっ、くっ、あっあぁああ。い、いい、そ、それ、気持ちいいよ」

秘部から溢れ出す愛液が潤滑液となり、スク水が優しくペニスを扱き上げてくる。

肉竿とスク水が擦れ合った途端、間違いなく陰部には性感が走り、反射的に快楽を口に出す。

「よかった。んっんっ、それじゃあ……んっふっ、ふぅふぅ……もっと、もっと気持

ちよくなってね」

安堵の表情を浮かべると共に、楓はより激しく、淫らに腰を振り始める。ニチャッニチャッという水音が、室内に響き渡った。

「ふふ……。ちょっと擦っただけなのに、もうち×ぽが爆発しそうなくらいに膨れあがってる。気持ちよさそうだな……。はぁはぁ……こんなの見てたらボクも我慢できなくなってしまうぞ。ボクも……ボクも気持ちよくしてもらってもいいかな?」

この行為に刺激されたように、頬を紅潮させた歩美もベッドの上に乗ると、知樹の頭の上にまたがってきた。

目の前にプリッと膨れたブルマに覆われたヒップが突きつけられる。

「な、舐めてくれ……」

しゃがみこむように、黒い染みができた秘部を唇に押しつけてきた。

(うあ、す、すごい……。ま×こ……滅茶苦茶濡れてる。ねっとりとした汁が溢れ出てる。それにこの匂い……)

噎せ返るような香りが鼻腔をくすぐる。これまで何度も嗅いできた歩美の発情臭に間違いなかった。この匂いを嗅いでいるだけで、喉が渇いてくる。

「ジンジンするんだ。知樹のち×ぽを見ているだけで、もう、我慢できないくらいにま×こが熱くなってるんだ。だから頼む……舐めて。舐めてくれ」

クイックイッと腰が前後に振られた。唇だけでなく、鼻先にもブルマの陰部が押しつけられる。伝わってくる湿り気を帯びた感触が、より知樹の劣情を煽り立てた。

自然知樹は舌を伸ばし、ブルマを舐め上げ始める。舌にごわごわとした感触と、愛液のわずかに塩気を含んだような味が伝わってきた。

「ふっく、あっ、んんんっ。くっ、あっ、し、舌が、舌が動き出した。あっあっあっあっ」

どうやら歩美はブルマの下に下着を穿いていないらしい。ちょっと舐め上げるだけで、すぐさま敏感に感じ始める。上がる嬌声に比例するように、さらに蜜壺からは女汁が溢れ出してきた。

幼なじみが自分に恥部を舐められて愛液を垂れ流している——その状況により興奮が煽られ、肉棒がより肥大化していく。

「あっ、す、すごいのっ。まだ、まだペニスが大きくなるの。んっく、はぁっはぁっ……これ、い、いつもよりも大きい♥　それに硬くて、熱いの」

「本当ね。こんなに大きくなるなんて……。すごいわ。とっても美味しそう……。こんなの見せられたら……私も……私ももう我慢なんてできないわ……」

熱に浮かされたような表情を浮かべながら、朱音が楓の秘部に擦り上げられる肉先へと顔を寄せ——

「んちゅっ、はちゅっ……。んふぅううう……。はちゅっ、れろっ、れろれろ、むちゅるぅうう。ちゅっちゅっちゅっちゅぶぅ」

　舌を這わせてきた。

「あっ、ふっふぁあああ……。お、美味しい。やっぱり……ちゅぶっ、れろっ、くちゅっ……ちゅるる、にゅちゅるぅ……はぁっはぁ……知樹君のお、おちん×んすごく美味しいわ。あっあっ、こ、これだけ、これだけで私――んじゅっ、んちゅるる、じゅるるるぅ♥」

　かなり無茶な体勢で亀頭だけを舐めしゃぶりつつ、肢体を痙攣させる。

（い、絶頂《イ》ってる。朱音さん……僕のを舐めただけで絶頂ってるんだ……）

　信じられないほど淫靡な光景に、射精衝動が高まっていく。

「うあっ、だっめ。も、もう――もうっ!!」

「いいわっ、はっふ、ら、らひて……んじゅっ、らひてぇえ」

「くっふ、んっんっんっ、い、いいよおにぃちゃん。たくさん。たくさん射精していいよ。か、かえでも……あっあっ、かえでももう、い、絶頂っちゃいそうだからだ、射精して、射精してぇ♥」

　限界を伝える知樹をより感じさせようとするかのように、くねる腰と絡みつく舌が激しさを増す。

「ボクも、ボクも……い、絶頂くよ！　ボクも絶頂くからぁ♥」

そんな母や妹にシンクロするかのように歩美も絶頂を伝えてくると、腰をより口唇に押しつけてきた。ブルマの上からでも蜜壺の熱気が口腔に伝わってくる。淫肉の弾力性のある感触が心地よく、より舌を蠢かしてしまう自分がいた。

ブルマの上から花弁に吸いつき、ジュゾロロロッと下品な音を立てて吸引する。

「くっ、だ、駄目――い、絶頂《イ》くッ！　ボク、も、もうっ」

刹那、歩美が限界を告げ――肉壺からブジュウアアッと愛液を飛び散らせながら絶頂を迎えた。

（絶頂ってる。歩美が絶頂ってる……。こんなに、こんなに熱い汁を漏らして絶頂ってる。ああ、僕も、僕ももう駄目だっ!!）

「で、射精るッ！　射精るぅ!!」

幼なじみの絶頂に引きずられるように、知樹のペニスも限界を迎える。

肉茎を愛液塗れのスク水に押さえつけられつつ、亀頭を朱音の舌で嬲られながら、肉先から尋常でないほど大量――朱音の顔が精液でパックでもされたのかと思えるほど――の肉汁を迸らせた。

「あぶっ、もっ、あっぷ、ふっくっふぅっ！　おっおっ、す、すごっひ、こりぇ、こつりぇおおひイ。あっぐ、ひ、ひっぐ、ひぐっひぐっひぐぅううう♥」

「す、すごいっ♥　震えてる。おにぃちゃんのペニスの震えが伝わってくるの。これ、いい。いいよ。気持ちいい♥　かえで……かえで……あっあっあああ……い、絶頂くっ、絶頂くのぉ♥」

母と娘の絶頂が重なる。それぞれ下腹部と顔を白濁液塗れにしながら、愉悦に表情を蕩かせた。

「あ……こ、こんなにで、射精るなんて……。あむっ、うちゅっ……はふっあふぅ……。や、やっぱりいいわ。知樹君のザーメン……やっぱり美味しい……。んちゅっ、ちゅううう。じゅるっ、じゅずるるるぅ……。あふっ、はぁああ♥」

そうして絶頂の快楽に溺れつつ、自分の顔にこびりついた肉汁を指でぬぐい、朱音は白濁液を啜る。

「母さんだけずるいぞ……。ちゅぱっ、れろぉ……」

「かえでも欲しいの……んちゅっ、ちゅるる……んふぅうう」

母の卑猥すぎる姿に、娘たちも動き出す。自ら母の顔に唇を寄せ、舌を伸ばすとまとわりつく白濁液を舐め取り始めた。

「お、美味しい。美味しすぎて……ああ、ボク……な、舐めるだけで絶頂く♥」

「かえでも、かえってでもなのぉ♥」

「んぎゅっんぎゅっんぎゅっ……あっあっ、娘と、私……娘と一緒にい、絶頂っちゃ

う♥　ま、また……また絶頂っちゃうのぉ♥」
母娘の上げる淫らな嬌声に――
（ま、また……）
知樹は再びペニスがたぎっていくのを感じた。

＊

以来、館での監禁生活が始まった。

ただ、監禁生活といっても、暮らしぶりは――衣服を身に着けることを許されないこと以外は――市ノ瀬家で過ごした休日の生活とほとんど変わらない。

「んちゅっ、ちゅぱちゅぱ――はぁあああ……。おはよう知樹。ふうっふうっ……今朝もすごく大きくなってるな。咥えてるだけで絶頂ってしまいそうだぞ♥」

朝は当然のように三人のフェラで起こされる。

射精後は朝食の時間だ。

「すごく楽しみにしてたの……。おにぃちゃんのせーしジャム♪　これを食べられるなんてかえではホント幸せなの」

三人は躊躇などまったくせず、知樹の精液を搾り取り、それをパンに塗り、サラダのドレッシングにして食べる。咀嚼《そしゃく》のたびにグチュグチュと響く音に、興奮がかき立てられていった。

「何回も射精してるのに、まだこんなに硬いのね。ふふ、いいわ。それじゃあたくさん搾り取ってあげるわね」

食事の時間が終わると次はセックス――は禁止なので、母娘三人によるご奉仕タイムが始まる。

口淫やパイズリ、素股など、あらゆる奉仕で肉悦を与えてくれた。射精のたびに三人は嬌声を上げ、達する。その淫靡な姿に肉棒はさらに屹立していった。

そして昼。ここからが以前とは違う時間となる。これまでは午後は外出しデートなどを行い、性行為はしてこなかったのだが……。

「さあ、お昼もたくさん飲ませてね♥」

朝食と同じく白濁液を搾り取ってくる。昼食にザーメンを混ぜ、それを食べながら三人は何度も絶頂に至った。

そして午後――。

ここからは三人がいかに知樹のことを想っているのか伝えてくる時間となる。

「好きだ知樹……。ボクはもう知樹がいないと駄目なんだ。見てくれ……ボクのま×こを……。すごく濡れてるだろ？」

「ずっとなの。おにぃちゃんと一緒にいるとね、それだけでぐしょぐしょになっちゃうの」

「知樹君のおちん×んが欲しくて欲しくて——涎が止まらないのよ。ほら、ヒクヒクって襞が動いているのがわかるでしょ？」

三人はリビングのソファーの上に並び、足をM字に開くと、それぞれが自分の秘部に指を添え、秘裂を左右に開く。剝き出しになる花弁は、彼女たちの言葉通りグショグショに濡れていた。

（すごい。あ、あんなに濡れてる。したい……したいよ……）

こんな光景を見せられて本能を抑えることなどできない。みんなとセックスしたいという欲望が鎌首をもたげてくる。だが——、

（動けない。こ、これじゃあ……みんなとセックスできない）

知樹は全裸状態でリビングの椅子に縛りつけられていた。口には猿ぐつわまでつけられてしまっている。

「んーんーんー！」

拘束を解こうと必死に藻掻くのだけれど、動けば動くほど縄は身体に食いこみ、より締めつけはきついものになってしまった。

「私たちとセックスしたくてしたくて堪らないって感じね」

「だけど駄目なのおにぃちゃん。させてあげない」

「今は見てるだけだぞ知樹。ボクたちがどれだけキミを想っているのかを、しっかり

見ていてくれよ……んっ、あっ、あっあっ」

　別に肉襞に直接触れたわけではない。三人はただ秘裂を左右に開いているだけだ。だというのに、歩美の口からは嬌声が漏れ始める。膣口からはまるで愛撫でもされたみたいに、より大量の愛液が溢れ出してきた。

「くっふ、わかる？　あっあっ、か、感じてるのよ。私たち――あふっ、んんん」

「大好きなの。大好きだから……見られるだけで、か、かえでたち……感じちゃうの。おにぃちゃんの視線だけで、はふっはふぅ……。気持ちよくなっちゃうのぉ♥」

　歩美だけじゃない。朱音や楓まで甘い悲鳴を上げ始める。

「す、好きだ……あ……い……愛してる。知樹のことが……ほ、本当に好きなんだ♥

他の何よりも、誰よりも――あっあっ、好きだ。好きなんだぁ♥」

「かえでね……かえで……いつもだよ。いつも、んっんっ、こ、こんな風にか、感じてたの。おにぃちゃんが近くにいるだけで……はっふ、あっあっ、お汁を……おま×ことか、お尻から垂れ流しちゃってたの……くんんん」

「知樹君がね……ち、近くにいるだけで、い、いつも絶頂っちゃいそうだった。こ、こんなに……こんなに人を好きになるなんて、あっあっ、考えたこともなかった。あの人に顔向けできない。それくらい……と、知樹君のことが好きなの♥　愛おしいのよ！」

ビクンッビクンッと肢体を震わせつつ、それぞれの想いを伝えてきた。言葉が嘘でないことは、淫らすぎる姿を見ればすぐに理解できる。

（そんなに……そんなにぼ、僕のことを……）

嬉しくないはずがない。胸に染みこむような言葉を聞くだけで、肉茎は脈打ち、亀頭は膨張していった。

「ああ、すごいわ。知樹君のおちん×んが大きくなった♥ あっあっ、だめ、そんなの、そんな大きいものを見せられたら――私……わたしぃ！」

「だっめなの、き、きちゃうの♥ かえで、かえで来ちゃううう♥」

「愛してる。知樹……知樹知樹知樹……ともきぃいいい♥」

瞬間、三人は一切肉襞に触れぬまま――

「い、絶頂《イ》くわっ！ 私、い、絶頂くっ♥」

「おにぃちゃんに見られるの恥ずかしい。恥ずかしいけど、き、気持ちいい♥ かえで、かえで……来るの♥ あっあっ、ふぁあああ♥♥♥」

「くっふ、で、でるっ！ ボク――き、気持ちよすぎて、こっれ……見られてるだけで、と、知樹に見られてるだけで、漏れちゃう。おしっこ漏れちゃうの♥ 絶頂くっ！ ボク……お、お漏らし、お漏らししながら絶頂くぅ♥」

同時に達する。

朱音はムチムチとした肢体を痙攣させ、楓は膣口から愛液をブシャアアッと飛ばした。歩美に至ってはお漏らしまでして達する。

(絶頂ってる……。みんなが……僕を想うだけで絶頂ってる。こんなの、こんなエッチすぎる姿……あっあっ、うぁあああ)

あまりに淫らすぎる姿に、ドクンッと肉棒が鼓動した。同時に破裂しそうなほどに性感が膨れあがる。肉茎が繰り返し何度も震え——

「む、むふっ!　むふぅうう!!」

ついには肉先から白濁液を撃ち放った。

ドビュッドビュッと放たれた濃厚牡汁が、床を汚す。

「ああ……知樹も……知樹もボクたちで絶頂ってくれたんだね」

「すごい量なの……。こんなに射精しちゃうくらい……かえでたちのことを想ってくれたんだね。嬉しいの」

「はぁはぁ……すごく濃厚な匂いだわ。とっても美味しそう……。んっちゅ、はちゅっ、れろっ、れろぉ……ごきゅっごきゅっ……はふ、ああ、絶頂く♥　絶頂ったばかりなのに、あっあっあっ……ザーメンでまた、絶頂くっ♥」

うっとりする娘たちを尻目に、母親は素早く動き出す。床に零れた白濁液に自ら口付けすると、舌を伸ばして精液を舐め取り始めた。顔を床に密着させ、腰を突き上げるというケダモノのような姿勢が興奮を誘う。

「か、母さんだけずるいぞ！　ぼ、ボクも……んじゅっ、はじゅっ、じゅずるるるぅ。ちゅずるるるぅ」

「かえでも飲むのぉ！　れろっ、れろっれろっれろ……んぎゅ、んんんん」

母に娘たちも続いた。三人で白濁液を舐め取りながら、何度も達する。

（また、またくるっ！）

この姿にまたも肉先からは、ザーメンが飛んだ。

その後、気がつけば夜になっていたので夕飯を食べる。もちろん母娘は精液ご飯を美味しそうに、そして気持ちよさそうに食べた。

そうして夕飯が終わると、今度はみんなでお風呂に入る。

「たっぷり洗ってあげますね♥」

三人はごく当たり前のように風呂椅子に座った知樹の身体を、自らの肢体を使って洗ってくれた。

はち切れんばかりの乳房が肉体に押しつけられる。太股を朱音の胸で撫で上げられると、まるで全身が膣壁に包まれているのではないかと錯覚するくらいの心地よさを覚えた。

「んっんっんっ」

上半身をくねらせながら、甘い響きの混ざった声を漏らす。

そんな母に続くように両手に歩美と楓がまたがり、花弁で腕を洗い始めてきた。

「あっく、あっあっ……駄目だ。き、綺麗にしてあげないといけないのに……。ま、まん汁が、まん汁が止まらない」

「ふうっふうっふうっ、き、気持ちよくなっちゃう。かえで……おにぃちゃんを洗いながら気持ちよくなっちゃうよぉ♥」

密着する陰部は、燃え上がりそうなほどに熱い。

（い、挿入れたい……せ、セックスしたい……）

抑えられないくらいに欲求が膨れあがっていく。すぐにでもみんなを押し倒し、膣奥にペニスを突きこみたい。

けれどそれはできない。知樹の身体の自由は、朱音が調合したクスリによって奪われていた。自分の意思では指一本動かすことができない。

心地よさを覚えつつも、気が狂いそうなほどのもどかしさに打ち震える。

「おにぃちゃんつらそうなの」

「セックスしたいんだろ？　ボクたちだって同じだ。でも、させてあげられない。ごめんな知樹」

「だから、その分いっぱい射精していいからね」

朱音の乳房によってペニスが挟みこまれる。背中に回りこんだ楓が、チュッチュッと首筋にキスをしながら、ニュルッニュルッと乳房で背筋を擦り上げてきた。同時に正面に立った歩美が、顔面に花弁を押しつけてくる。

「ボクのま×こでキミの顔を洗ってあげる……。んっく、あっ、ふあっ！　あっあっあっ……はぁああ……」

ぐちゅっぐちゅっぐちゅっぐちゅっぐちゅっ──肉と肉が擦れ合う。母娘が蠢くたびに広がっていく快楽。快楽、快楽快楽快楽快楽快楽快楽──。

(駄目だ！　でっる！　もう、もう射精るっ!!)

限界だった。

「ああ、射精るわよ二人とも」

「はいなのっ！」

「ああ、これを待ってた」

ビクビクと肉棒が震え出すと同時に、歩美と楓も朱音と同じように知樹の前にしゃがみこむ。射精が始まったのは、この瞬間のことだった。

視界が白い閃光に包まれるほどの性感と共に、肉先から白濁液が撃ち放たれる。尋常でないほど──まるでシャワーかと錯覚するくらい大量のザーメンが、母娘三人に振りかかった。

「あっ、す、すごひっ！　ああ、こっれ、多いわ。こんなにで、射精るなんて……。ああ、熱い。ザーメンシャワー熱いぃいい♥」

「し、染みるの！　かえでの髪におにぃちゃんのせーしが染みる♥　はひっはひひ、こっれ、かえで、おにぃちゃんのせ、せーしで……あっあっ、せーしで洗い流されてつる、み、みたいなのぉ♥」

「あっぷ、おぼっ、むっぼ、ぼっほ、おもぉおおお♥　おっおっ、おぼっ、おぼれっりゅ。こっりぇ、おおしゅぎる。ぼきゅっ、ぼきゅ――しぇーえきれ、お、おぼれりゅう♥」

三人の顔が真っ白に染まる。顔だけでなく、胸元も白濁液塗れとなった。髪もザーメンでベトベトになる。牡汁によって前髪がベトリッと額に張りつく様が、実に淫らだった。


すべてが終わった夜――。

「今日はとっても気持ちよかったわね」

「わかってくれた？　ボクたちの想い……」

「おにぃちゃんだ～い好き♥」

全裸のままみんなで一つのベッドに眠る。肉布団と言ってもいいほどに、肉体同士は密着していた。が、知樹の肉体は拘束されており、一切三人に手出しすることができない。

疼く下腹部を襲う焦燥感の中に、理性がすべて溶けていくような気がした。

＊

毎日のように肉欲の宴は続く。

「愛してる。知樹がいないと駄目なんだ」

「好きよ知樹君。こんなに人を好きになったのは、あの人がいなくなってから初めてなの。本当に好き――ずっと、ずっと一緒にいたいの。ずっとずっとあなたと一緒に……」

「おにぃちゃん！　おにぃちゃんおにぃちゃんおにぃちゃん♥」

肉と肉を重ね合わせながら、何度も三人は好意を伝えてくる。

繰り返し繰り返し、ひたすら伝えられる想い。脳髄の奥深くまで染みこんでくるように感じた。

（わからない。僕はこんな関係間違っていると思ってる。思ってるはずなのに……）

みんなは自分と一緒にいることで、とても幸せそうな表情を浮かべている。好きな人たちの幸福そうな顔――見つめているだけで、自分の胸の中まで温かいものが広がってくるのを感じた。

それと共に、下腹部に違和感を覚える。

何度も何度も思考が吹き飛びそうなほどの快感と共に白濁液を射精しているというのに、射精しても射精してもペニスは満たされない。それどころか、精液を放てば放つほど、みんなの膣中に肉棒を挿入したいと思ってしまう自分がいた。

（したい、セックスしたい……。みんなを抱きたい。でも、それは間違ってることで……。だけど、みんなは僕のことが好きで……。だから本当はみんなを抱いたっていいのに……。だけど、それは正しくない行為で……）

混乱する。頭がどうにかなってしまいそうだった。

「誰が間違ってるの？　みんな？　それとも僕？　僕が間違ってるの？」

「そうだよ間違ってるのはおにぃちゃんだよ。正しいのはかえでたちなの。だってかえでたちはおにぃちゃんのことが大好きなんだよ。ほら、おにぃちゃんのことが好きだから、こんなことだってできるの。見て……おにぃちゃんのおしっこ——全部飲んであげるの」

基本、知樹はエッチをしている時以外拘束され、自由に動くことができない。当然トイレに行くこともできなかった。だから三人は下の世話もしてくれる。無邪気な笑みを浮かべながら、尿意に震えるペニスを咥えてきた。

「で、出るっ！　出ちゃうよ！」

こんなことは駄目だと思っていても、排尿行為を止めることができず、楓の口の中に放ってしまう。

「はふっ、あっ……。んんんん。い、いぶっ♥　いぐよ、おにぃちゃんのおひっこでいぐよぉ」

小便を飲みながら、楓は達した。

（こんな、僕のためにここまでしてくれるなんて……やっぱり、間違ってるのは僕？　僕なの？）

困惑が広がる。

「何を悩む必要があるの？　私たちはね……知樹君に見つめられているだけで……絶頂っちゃうくらい、あなたのことが好きなのよ」

優しくこちらの頭を撫でながら、

「あっあっあっ、い、絶頂くッ。絶頂くぅうううっ！」

朱音は達する。

「みんな知樹のことが好きなんだ。大好きだ。知樹……好きだ。好きだ好きだ好きだ好きだ好きだ好きだ好きだ好きだ好きだ好きだ好きだ好きだ好きだ好きだ好きだ。好きだ好きだ好きだ好きだ好きだ好きだ好きだ好きだ好きだ好きだ好きだ好きだ。好きだ好きだ好きだ好きだ好きだ好きだ好きだ好きだ好きだ好きだ好きだ好きだ。好きだ好きだ好きだ好きだ好きだ好きだ

好きだ好きだ好きだ好きだ。　好きだ好きだ好きだ好きだ好きだ好きだ好きだ好きだ好きだ……。　愛してる」

　ずっと耳元で歩美が愛を囁いてきた。

　起きている時だけじゃない。夢の中でさえも、ずっと聞こえる。

（これは現実なの？　それとも夢？）

何もかもわからなくなっていく。

＊

「何を迷う必要がある？　知樹だってボクたちと一緒に暮らすために、すべてを我慢してたんだろ？　ボクたちとの約束を守れれば、他に何もいらない。そう思ってきたんだろ？　それとボクたちがしていることは一緒だ」

「でも、一人はつらかった……。みんなにつらい思いをして欲しくない」

「おにぃちゃんは優しいね。でも、大丈夫だよ。かえでたちは確かにおにぃちゃんと同じように他の全部を捨ててるけど……おにぃちゃんとは全然違うんだから」

「何が違う？　何が違うって言うんだよ？」

「だってそうでしょ？　だって私たちは一人じゃないのよ。あなたがいるもの。歩美が、楓がいるもの……」

「一人じゃない？」

「そうだ。一人じゃない」

「一人じゃないの」

「みんな一緒よ」

「一緒？　みんな……みんな一緒？」

この会話も本当に三人としたものなのか？　それとも自分自身の妄想なのか？

＊

そんな日々が一月以上続き、自分が正気を保っているのかどうかすらわからなくなってきたある日の晩――

「ほら、見ていて……私たちは知樹君のことが大好きだから、こんなことだってできるのよ。ほら、しっかり見ていて」

なんてことを言いながら、朱音がペットボトル三本分くらいはありそうな巨大な浣腸器を取り出した。その中にはたっぷり白濁液がつまっている。

「さあ、行くわよ歩美」

その先端部を歩美の肛門に向けたかと思うと――

どじゅっ、ぐじゅるるるっと躊躇なく直腸に熱液を流しこんでいった。

「おっ、ほっ、ほおっ！　おっほ、ふほっ♥　あっ、すっご、あ、あぢゅい。こっれ、あぢゅいぞ♥　すっごい、おっなか、お腹がや、破れちゃいそうだぁ♥　でも、でも気持ちいい♥　きもぢいいいい♥」

お腹が破れちゃいそうというのは決して比喩ではないのだろう。その証拠に、歩美の下腹部はまるで妊娠したように膨らんでいった。

「ふふ、さあ今度は楓よ」

歩美に浣腸器に注がれた白濁液をすべて流しこむと、朱音は新しい浣腸器を取り出し、姉にしたように妹にも流しこむ。

「しゅっごひ、こっれ、いぎゅのっ♥　い、いれられだだげれ、いぎゅうっ♥」

散々アナルを開発された楓は、注入だけで達した。

「最後は私よ」

「うん。挿入れるね母さん」

娘が達したのを確認すると共に、母は自ら尻を左右に引っ張って、肛門を開く。これに歩美が応え、新たな浣腸器を取り出すと、直腸に容赦なく流しこんだ。

「おっふ、ふほぁあああ♥　すごい……。ひ、広がってくる。んっふ、はふっはふっはふぅうう。わ、たしの……お、尻に……知樹君のザーメンがひ、広がってくっる。んっふ、ふほぁぁあ」

こうして三人の直腸がザーメン塗れとなった。

「そ、それじゃあ……お、お散歩に行きましょうか」

「散歩って……その状態でですか？　大丈夫なんですか？」

ガクガクと膝が震えている。肛門も痙攣していた。かなりつらそうに見える。

「も、もちろん、大丈夫だ……。ぼ、ボクたちは知樹のことが、だ、大好きだから
……こ、これく……らひ……な、なんでもなっい」

「しょ、しょうらよおにぃひゃん。ふふ、だ、だから……い、いこっ」

微笑む三人を止めることなどできなかった。

（ああ、あんなに……僕の……僕の精液でみんなのお腹が……）

それどころか、みんなの下腹部を膨らませた姿に、興奮までしてしまう。

そんな状況で、揃いのワンピースを着た朱音たちと共に館を出る。さすがに外出の際に全裸ではいられないので、制服を身に着けることを許可してくれた。

向かう先は近くにある公園。距離的には徒歩で十分ほどの距離らしい。が――

「おっふ、こ、これ、も、漏れそう――漏れちゃいっそうよ」

「はふっはふっはふ――お、お尻……ボクのおしっりが、ば、爆発しちゃいそうだ」

「しゅっごひ、き、きもぢいい。あーあーあーあー。きもぢいいのぉ。こんらの、が、我慢れ、れきしょうにないのぉ」

浣腸のせいで三人の足は遅々として進まず、公園に辿り着くまでに三十分ほども時間がかかってしまった。

「や、やっどづいだぁ……。も、もう、もれっる。ボク、ぼっぐもう、もっれるぅ」

「と、といっれは？　トイレはどっこ？　どごなの？」

「あっあっ、も、もう……わ、私のお、お尻……や、破れちゃいそう……おっおっ、こ、これ以上抑えられない」

ギュルルルッと三人の下腹が下品な音を奏でた。本当に直腸はもう限界らしい。必死の形相で母娘は公園内を見回した。

しかし――

「う、うぞ……な、ない……。トイレないのぉ」

呆然と楓が呟いたとおり、公園内に公衆トイレはない。あるのは砂場とジャングルジム、そしてブランコだけだった。

「しょ、しょんな……。こ、こんらことって……」

絶望の色が歩美の顔に広がっていく。紅潮していた顔から、ダラダラと脂汗が溢れ出してくるのが見えた。

第三者の目から見ても、もう限界だということがわかる。

「な、なら帰ろう。早く戻らないと!」

こんなところで三人にお漏らしさせるわけにはいかない。慌てて知樹は歩美たちに声をかけた。

「……も、もう無理よ。が、我慢なんかできない……。う、ウチまでな、なんて……と、とてもも、保たないわ」

だが、朱音は首を横に振る。

「ああ、か、母さんの言うと、通りだ……。も、もう駄目だ」

「おしまいなのぉ……」

母の言葉に娘たちも同意する。

「もう駄目って、それじゃあどうするんですか？　近くの家でトイレ借りますか？」

どうにかならないものかと、キョロキョロ周囲を見回す。

「ありがとう。や、やっぱり知樹君はや、優しいわね……。で、でっも……ふ、ふうう……。も、もう構わないわ」

「構わないって……ど、どういうことですか？」

「どういうって……も、もちろん。この場でだ、出すってことよ」

ニコリッと朱音は笑った。

「こ、この場でって……こんな、こんな公園でですか？」

夜で人通りはないとはいえ、ここはれっきとした公共施設であり、しかも野外だ。

「ええそうよ。ここでする……。も、もうそうす、る以外にな……いわ」

「で、でも……」

「ふふ、知樹がしんぱ、い……する必要はな、ないぞ……はぁはぁ……。ぼ、ボクたちはここで問題ない」

母の言葉に歩美も同意する。

「そうなの……。お、おにぃちゃんが見ていてくれるなら……は、恥ずかしいけど、ここでできるの……」

「か……楓ちゃんまで……。み、みんな本気なの？」

問いかけに対して母娘は、顔を赤くし、膝を震わせながら頷いた。

「私たちはね……と、知樹君の前だったらどんなことだってで、できるのよ……」

公園の砂場の上に立ち、ゆっくりとワンピースのスカートを捲り上げる。下着を身に着けていない剝き出しの秘部が露わになった。

「ど、どんな恥ずかしい姿でも、おにぃちゃんにはみ、見てほ、欲しいの……」

三人揃って膝を曲げ、いわゆるうんこ座りスタイルとなる。あまりに下品な姿だ。だというのに、とても美しく見え、見惚れてしまう。

「もともと……と、トイレの中でお漏らしすると、ころを……はぁはぁ……み、見てもらうつもりだったんだ。こんな恥ずかしい姿だってみ、見せることができるんだってね……。だ、だから、ここでだって構わない。い、いや……むしろ、と、トイレより、ボクたちがどれだけキミのためなら、は、恥ずかしいことができるか、つ、伝えられって……う、嬉しい……く、らいだ……よ」

にっこり微笑みながら、グッと拳を握り締めた。

そして——

「あ、くっふ、ふぐっ……。ふっく、おっおっおっ、で、出る。でっるぞ。も、漏れる。ぼっく、ボク——おっおっおぉおおお」

「や、やっぱひ、やっぱひはじゅかしいのぉ。でっも、でも、もう、もう抑えられない。かえで、かえっで、お、おもらっじ、おもらじじぢゃうのぉ」

「ああ、漏れちゃうわ。と、知樹君のま、前で……うんち……。ザーメンうんち漏らしちゃう。こんな、こんなげ、下品な姿……あの人にも見せたことないのに……。あ、出る。出るわ。ざ、ザーメンうんち出るぅう」

うんこ座りで力む三人の肛門がクパッと開き、大量に注ぎこまれた白濁液がブババアアッッと大量に溢れ出した。

「ひっひっひっひひぐっ！　おっおっ、こっれ、き、気持ちいい♥　お、お漏らしいっ！　おもらっし、よ、よすぎっで、いぐっ♥　いぐぅう！　ぼっぐ、おもらじでいぎゅう♥」

「ふほっ、も、もれてっる。かえで、漏らしちゃってりゅのぉ♥　おっおっおっ、は、はじゅかじぃ、やっぱり、やっぱりはじゅがしいのに……こっりぇ、きもぢいい♥おにいぢゃんにい見られるのはじゅがじいのに、いぐっ、いぎゅうう♥」

「ああ、で、出ちゃってる。はふっ、おっ、おふぅ……。私、うんち漏らしちゃってるわ。ほ、ほんっとに、ざ、ザーメンう、うんっち、漏らしちゃってる。ああ、どうして？　なんで、か、感じる。感じちゃうの？　ああ、い、絶頂くッ♥　知樹君にお、おもらっし、み、みらっ、見られながら——わったし、絶頂くッ！　絶頂くのぉ♥」

凄まじい量の白濁液を噴き出しながら、愉悦に表情を蕩かす。

（い、絶頂ってる……。みんながお、お漏らしして……僕にお漏らし見せながら絶頂ってる。こんな恥ずかしい姿を僕に……）

それだけ自分のことをみんなが想ってくれている。人として最も恥ずべき姿をさらせるくらいに自分のことが好きだと……。

「あっはぁあああ……。す、すきら……。ともひ……しゅきらぁあ……♥」

尻を痙攣させながら、歩美が絶頂顔を晒す。

「おにいひゃんに、み、みられひゃった……。お、おもらしみられひゃったぁ……。はじゅかしい。こりぇ……はじゅかしすぎるの。れも……うれひい。うれひいよ。こんな恥ずかしいところまで、みてもらえりゅなんて、すごく嬉しい」

ポタポタと肛門から白濁液を垂らしつつ、楓は肉体を痙攣させる。

「これで……はぁっはぁっはぁっ……わ、私の……私のぜ、全部を……と、知樹君にみ、見せちゃったわね。あ、あの人にもみ、見せたことない姿を……。はぁはぁ……愛してる。誰よりも……あ、あの人よりも……あなたを愛してるわ」

瞳を潤ませ、荒い吐息を漏らしながら、熱い想いを訴えてくる。

みんなの言葉の中には嘘も偽りもない。本当に心の底から、自分のことを想ってくれていることが伝わってきた。

『愛してるわ知樹君。心の底からあなたのことを想ってる。私には知樹君……あなたが、あなたさえいればそれでいいの』

『おにぃちゃんが一緒にいてくれるだけでいいの。それがどんなことよりも幸せなことなんだから♪』

『ボクはキミが好きだ知樹。キミがいれば他に何もいらない。キミのためだったらなんだって捨てられる。キミを手に入れるために必要なものがもしボクの命だったとしても、ボクは喜んでそれを差し出すよ。それくらい……好きだ。知樹のことが大好きなんだ！』

同時にこれまでみんなが自分に向けてきた言葉が脳内にフラッシュバックしてくる。それと共に朱音や歩美、楓の微笑む姿や、悲しむ姿、怒る表情、喜ぶ表情――いろんな姿や表情が浮かび上がってきた。

どれ一つとして同じ顔はない。けれど、一つだけ共通点があった。

それは――すべて自分に向けられたものだということ。自分への愛情の想いに彩られたものだということ……。

（みんなが僕を……僕を想ってくれてる。大好きなみんなが……）

自分さえいればそれでいいと、みんなは言ってくれた。他のものは何もいらないと。

そしてその言葉に嘘はない。それは家族みたいに一緒に過ごしてきたからこそ、よくわかる。

(こんなの、あっあっ、も、もう耐えられない。僕も……僕ももう……)

みんなの想いを感じるのに比例するように、下腹部から熱い熱気が膨張してくるのを感じた。自分の意思では抑えこむことができないほどの射精衝動。

(したい。したいしたいしたいしたいしたい……。セックス。抱きたい。朱音さんを、歩美を、楓ちゃんを抱きたい。我慢できない。抑えられない)

ビクッビクッとペニスが震える。

「くっ、うぁあああ」

瞬間——知樹の肉棒が激しく痙攣し、下着の中で爆発した。

＊

お漏らし行為が終わった後、三人は公園のベンチに腰を下ろすと、絶頂によって体力をよほど消耗したのか、すぐにスースーと寝息を立て始めた。

(みんな幸せそうだな……)

とても穏やかな表情を浮かべているみんなに見惚れる。

「はぁはぁはぁ……」

みんなを見つめているだけで、息が荒くなってしまう自分がいた。

(って、それどころじゃない。考えるな！ それより、もっと、もっと大事なことが

あるだろ!! 早くみんなを起こすんだ。こんなところで寝てたら風邪引いちゃうよ)

パンパンッと頰を叩いて欲望を振りきると共に、

「ちょっと起きて。風邪引くよ!」

声をかけながら三人に肩を揺すった。

が、いくら呼びかけても三人の目覚めない。どうやら完全に熟睡してしまっているようだった。

(って、熟睡……。それってつまり……)

自分に対する監視がなくなったということではないのか?

(逃げようと思えば逃げられるってこと?)

瞳を閉じ、眠る朱音たちを見つめ、ゴクリッと知樹は息を呑んだ。

(僕は……ぼ、僕は……)

第六章 答え 僕もみんなが大好きだよ

「あ、う、う～ん……。はぁ…………………って、こ、ここは？」

歩美が目を覚ましたのは、それから一時間ほど後のことだった。眠る前のことをよく覚えていないらしく、不思議そうな表情を浮かべてキョロキョロと周囲を見回す。

「……公園だよ。覚えてない？」

その姿に可愛らしさを感じつつも、静かに知樹は答える。

「あ、知樹……。公園？　あ、ああ……そういえ——ば……」

そこで歩美はボッと火がつきそうなくらいの勢いで顔を赤くする。自分たちがした行為を思い出したのだろう。

「……そ、その……ボクはどれくらい寝ていた？」

羞恥を誤魔化すように質問してくる。

「どれくらいって……一時間くらいだよ」

「そうか……。そんなに寝てい――」

そこで歩美は言葉を止めると、驚いたような表情を浮かべ、こちらを見つめてきた。

「どうしたの?」

「どうって……。その、ボクたちが寝ていた間、キミは何をしていたんだ?」

「何って……ずっとここにいたよ」

「なぜだ?」

「なぜって?」

「いや……だって、だってそうだろ? ボクたちは寝ていたんだろ? だったら、キミは逃げれたじゃないか。どうして逃げなかった?」

さすが歩美、寝起きでも頭の回転が速い。

「どうしてって……こんなところにみんなを放置していくわけには行かないだろ?」

「それはそうかも知れないが……。でも、キミはボクたちに監禁されていたんだぞ。その……逃げ出すには絶好の機会だったじゃないか! まさか、気付かなかったのか?」

「気付かなかったのかって……そりゃ気付いたよ。だから逃げ出そうとも思った」

「それじゃあなんで逃げなかった?」

「なんでって……逃げた方がよかったの？」

小首を傾げて聞き返す。

「あ、いや……別にそういうわけじゃないぞ……。その、ただ……どうして逃げなかったのか、その理由が気になって……。実際一度は逃げようと思ったんだろ？」

「まぁね……。でも、いざとなったら逃げられなかった……」

「だからどうして？」

「……だって……聞こえたんだ。逃げようとしたら、みんなの声が僕の頭の中に」

「声？」

「うん。大好き。愛してる——行かないでって……。離れようとすると、ガンガンガンガンそれが頭の中に響いてきたんだ。き、気のせいじゃない……。確かに……。確かに聞こえたんだ」

知樹は頭を押さえる。

「それでも逃げようと思ったけど、みんなから離れれば離れるほど、胸が痛くなってきた。すごく……下半身が熱くなるのを感じた。みんなと一緒にいなくちゃいけない。みんなから離れちゃいけないって……僕の心が啼いたんだ！」

ざわつく胸の感触を思い出し、今度は胸元に手を添えた。

「これって、これってどういうことかな？　僕……僕はおかしくなっちゃったのかな？」

　自分が自分でなくなってしまったような気がして怖い。その気持ちを吐露すると、優しく歩美に抱きしめられた。ギュウッと顔が乳房に押しつけられる。

「大丈夫、知樹はおかしくなんかなってない。知樹はボクたちのことが好きなんだよ。だから、ここを離れられなかったんだ。ボクたちと一緒にいたくていたくて仕方がなくなっちゃってるんだよ」

「そう……なのかな？　でも、それっていけないことじゃないのかな？」

「いけないことのわけないだろ。だってボクたちはキミのことが大好きなんだ。愛しているんだ。その気持ちはわかってるだろ？」

「うん……それはわかってる。痛いくらいにわかってるよ。でも、いいの？　本当にそれでいいの？」

　上目遣いで問いかける。すると歩美はそっと頭を撫でてくれた。

「キミはどう思ってるんだ？　どうしたい？」

「僕は……」

　どう思ってるのか？　それを考えた瞬間――

『好きだ……。好きだぞ知樹』

『おにぃちゃん♥　おにぃちゃんおにぃちゃんおにぃちゃん♥』

『愛してるわ知樹君。心の底からあなたを愛してる』

脳内に散々聞かされ続けてきた言葉がリフレインする。

「僕は……ぼ、僕も……。みんなのことが好きだ。みんながいれば他に何もいらない。それくらいみんなが好きだ……」

その言葉を聞き続けていると、なぜだかすんなりそう思うことができた。

「そうだ……好きなんだ。僕はみんなのことを愛しているんだ。何を、何を迷う必要があったんだ？　最初からわかっていたことじゃないか」

こんな関係間違っている——なんてことを考えていた理性が、みんなの言葉に浸食され、消滅する。

「今さら気付くとは……とろい奴だな」

フフッと歩美が笑った。

「本当だね……。でも……いいの？　本当に、こんな馬鹿な僕でいいの？　ずっと、ずっとみんなと一緒にいていいのかな？」

皆を待たせ続けてしまったことに罪悪感を覚える。胸に痛みと不安を感じながら、自分を抱きしめる歩美を見つめると——

「いいかなって……そんなの……」

「いいに決まってるじゃない！」

「いいに決まってるの!!」

二つの答えが同時に返ってきた。

「か、母さん……。楓っ!?」

視線を向けると、いつの間にか目を覚ましたらしい二人が――

「歩美だけ抜け駆けなんてずるいわよ」

「そうなの！　おにぃちゃんはかえでたち、みんなのおにぃちゃんなんだから!!」

なんてことを言いながら抱きついてくる。

「ずっと一緒にいていいわ。いえ、いて……いてちょうだい」

「おにぃちゃんやっと……やっとわかってくれたの……本気……。本気だよね？　嘘じゃないよねおにぃちゃん！」

そのまま真剣な表情で見つめてくる。

「う、うん……。も、もちろん。本気だよ」

その迫力に気圧されつつも、素直に頷いた瞬間――

「知樹君――愛してる！　んちゅっ、ちゅっちゅっちゅぶぅうう」

朱音に唇を奪われた。

「あ～！　ママだけずるいの!!」

これを見た楓が声を上げ、

「かえでもする！　んっ、ふっ、ふむぅう……」

　母に代わって唇を奪ってくる。

「ふ、二人だけずるいぞ！」

　焦ったような表情を浮かべると、歩美も抱きつき、キスをしてきた。

「ちゅっ、くちゅっ……ふじゅるぅ」

　大好きなみんなと口付けを交わす。

（そうか、やっぱり……やっぱりこれでよかったんだ……。間違ってたのは僕の方なんだ。ホント、僕って駄目な奴だ……。でも、気づけてよかった。僕は本当に幸せ者だ）

　心が蕩けそうなほどの幸福を知樹は覚えた。

＊

　濃厚なキスを公園で交わした後、みんなで急ぎ、館に帰ってきた。

　急いだ理由は簡単。耐えられそうになかったから……。

　家に帰り着き、リビングに入ると、みんなですぐに身に着けていた服を脱ぎ、全裸となった。

「んっく、ちゅくっ……。はふっ、はふ……。ああ、知樹君♥　知樹君♥」

「おにぃちゃん……はちゅっ、れろっ、ちゅぶっ……ちゅっちゅっちゅっ……はぁあた。

「知樹♥　知樹知樹知樹知樹知樹♥」

肌を晒しつつ、キスをする。ペニスを勃起させながら、ひたすら母娘の口腔を貪った。

「何度もセックスしてきたのに……な、なんだか緊張するな……」

「久しぶりだからね。私も……同じよ。なんだか初めてした時みたいに心臓がドクドク鳴ってる」

「かえでも……かえでもいつもより恥ずかしいの」

そうしてキスを終えた後、リビングの床に三人が顔を赤くしながら四つん這いとなる。それぞれ形の違うヒップが自分へと突き出された。

「恥ずかしいなら止める？」

わざとらしく小首を傾げてみせる。

「そ、そんな意地悪なこと……き、聞かないで欲しいの。かえで……犯して欲しいの。かえでのお尻をズボズボして欲しいの!!　おにぃちゃんにいつ犯されてもいいように、いつもお尻の中綺麗にしてあるんだから!!　だからかえでを最初に犯して欲しいの！」

フリッフリッと楓は尻を左右に振る。

「そうだね。それじゃあ……正直な楓ちゃんにご褒美だ！」

遠慮はしない。

亀頭を肉穴に押しつけると——一気に根元まで直腸に肉棒を挿入する。

「おひっ!! おっおっおっ、おほっ、ふほぉおおおっ♥」

腸奥を肉先で叩いた途端、楓はくりくりとした瞳を見開いた。

「おっく、い、いきなっり、いっきなり、おっぐ、おぐまれ、ぺにっす、ぺにしゅきたのぉ♥ すっごい。ああ、こっれ、これ、ひさしぶっり……おっおっ、ひ、ひさしぶっりの、ち×っぽ、きも——気持ちいい♥ おっおっおっ、い、絶頂《イ》っく、これ、か、かえで、い、挿入れられただけで、絶頂く、絶頂くのぉ♥」

久しぶりの挿入がよほど気持ちよかったらしい。蕩けるような表情を晒しながら、ビクビクビクッと肢体を痙攣させ、楓はあっさりと達した。

絶頂に合わせて、肉壁が収縮してくる。ギュウッと肉棒が締めつけられた。蕩けるような感触。

久々にペニスに直接伝わってくる肉壁の快楽に、射精衝動が一気に膨れあがる。抑えこむことなどできない。

「くあっ! で、射精る! 射精るぅっ!!」

性感がスパークした。肉先秘裂が開き、ドプリドプリと直腸に濃厚牡汁を放出する。

「あっく、で、でった、射精《で》たぁああ♥ おっおっ、か、かえで、かえでのおっしり、お尻にでってる♥　おにぃちゃんのせーし、射精て――い、いぐっ！　ま、またいぐっ♥　絶頂ってるのに、かえで、また……またなのぉ♥」

直腸に染みこむ熱液の熱気が、より強烈な快楽を楓に与えた。尻を痙攣させながら、達しつつ達する。

「まだだよ。まだまだ気持ちよくしてあげるからね！」

けれどもこれではまだ足りない。もっと、もっともっともっともっと感じさせてやりたかった。

だから知樹は射精しつつ腰を振る。

「おっほ！　ほひっ!!　ふっひぃいい♥　でって、射精てるのに――射精してるのにう、動いてるのぉ♥　射精しなっがら、かえでのおっしりを、おにぃちゃんのペニスッが、こ、擦ってる！　擦ってるのぉ！」

パンパンパンッと腰と腰をぶつけ合う。肉竿で腸壁を擦り上げるたび、楓の口からは愉悦に溺れるような嬌声が上がった。

ピストンに合わせて肛門が内側に巻きこまれたり、外側に引っ張り出されたりする。肉茎に絡みつく腸液に塗れたピンク色の肉が興奮を誘い、ピストン速度が上がっていく。

「おっふ、は、はげっし、お、おにぃっちゃん、おっおっおっ、そっれ、はげ――はげっしすぎっるの、おっふ、ふほぉ♥　う、裏返る！　そ、そんなにされったら、かえでの、かえでの身体、裏返っちゃうのぉ」

「それじゃあ止めて欲しい？」

ただ突きこむだけでなく、グリグリと腸奥を抉るようにペニスを押しこみながら問う。

「や、やっだ、や、やめ、止めないで……。ふっく、おふっ、ふほぉお……。も、もっと、もっとかえでを犯して欲しいの」

「まったく楓ちゃんは仕方ないなぁ。それじゃあ、もっと犯してあげるね。ほら、こうでしょ？　こうされたかったんでしょ？」

楓の肢体が壊れたって構わない――というような勢いで尻に何度も腰をぶつけた。

「ずっご、そ、そっれ、ぞれ、ずごいのぉ！　おっぐ、おっおっおふぅうう♥　いっい、おぐ、おぐいいの♥　いっぢゃう♥　かえで、かえっで、つ、つかれっる――お、おにぃぢゃんにお尻の奥まで突かれるたっびに、いっぢゃうの♥　気持ちよくなっちゃうぅ♥」

突きこむたびに腸壁の締めつけがきつくなる。直腸は常に痙攣しっぱなし状態となっていた。

「ほら、こっちもたっぷり可愛がってあげるね。ほら……これ気持ちいいでしょ？

こうやっておっぱい弄られるの、楓ちゃん大好きだよね？」

その上、両手を乳房に回す。スリスリと乳輪を撫で、陥没部を穿るように指先で弄くり回すと、すぐさま乳首が勃起を始め、顔を出してきた。これを指先で摘み、転がすように刺激を与える。

「おっふ、はふっ、お、おっぱい♥ だっめ、か、かえっで、かえでおっぱい弱いのぉ。だ、だから、そんなにしっちゃ、駄目♥ 駄目だよぉ。気持ち、きっもちよく、なりしゅぎちゃうからぁ♥」

「いいよ。気持ちよくなって。ほら、こうやってシコシコ扱かれるのがいいんでしょ？　おっぱい扱かれて感じちゃうんでしょ？」

まるでペニスを刺激するように、左右両方の乳首を親指と人差し指で扱く。扱いて扱いて扱きまくる。

「おっふ、あっあっあっあっ、はふぅうう♥ そ、そっれ、それいい♥ ぎ、ぎもっぢ、よ、よしゅぎるのぉ♥ らっめ、まだ、まだいぐっ！　かえれ、かえれまらいぎゅう♥ おぢりちゅかれながら、いっぱひシコシコしゃれで、いっぢゃうの♥ ぎもぢいいのしゃえられないのぉおお♥」

絶頂の上に重なる絶頂に、さらなる絶頂が重なり、その上を絶頂が覆っていく。止まることのない愉悦の連鎖の中に、楓は沈みこんでいっているようだった。

「ああ、楓……すごく気持ちよさそう。私……我慢できなくなっちゃうわ。楓だけじゃなくて、私も……私も犯して。私のおま×こにザーメン流しこんで。今日は……今日は危ない日なの……。だから……」

「違う。次はボクだ！　次はボクのま×こにち×ぽをちょうだい！　せーえきでボクのま×こを満たしてくれ。ボクを孕ませてくれ。ボクだって、ボクだって知樹の赤ちゃんが欲しい。ボクの膣中《なか》に赤ちゃんの素をちょうだい♥」

絶頂《イ》きッ放しとなった妹の姿に、母と姉が嫉妬する。もう我慢できないといった様子で、楓がそうしたように二人も尻を振ってきた。

クパッと開いた花弁が視界に映る。膣口がぽっかりと口を開き、太股を垂れ流れ落ちていくほどの愛液が溢れ出していた。

「仕方ないなぁ。それじゃあ」

ズボッと直腸から肉棒を引き抜く。

「あへっ、ふへぇえええ」

途端に開きっぱなしとなった肛門から、ビュブルルッと流しこんだ白濁液が飛び散った。

「いくよ朱音さん！」

楓の肉穴から漏れる精液を横目に見つつ、今度は朱音の膣奥まで一気に肉棒を挿しこむ。

「あっふ、ひっひっひぁあああ♥　ああ、きった、きたわ。と、知樹君のがお、奥まで……わたっしのお、奥まできたぁああ♥」

グショグショに濡れた蜜壺は抵抗なくペニスを受け入れる。肉襞が優しく屹立に絡みついてきた。

「あっく……んっ、んっんっ……。あっふ、い、絶頂くッ。絶頂くわ。わ、私……私、いっいっ、絶頂っく。んっ、んふぅううう……♥」

娘と同じく挿入だけで朱音は達する。豊かな肢体を震わせながら、切なげに眉根に皺を寄せ、ビクッビクッと肉体を小刻みに痙攣させた。ジュワリッと愛液が溢れる。肉茎に絡みつく女蜜の感触が心地いい。肉奥に腰を突きこんだまま、肉壺の蕩けるような感触を味わった。

「あっあっ、す、すごい。わ、私の膣中……と、知樹君のでいっぱいよ。ああ、熱い。すごく熱くて……お、大きいわ。い、いい……。知樹君のを膣中に感じてるだけで、また、またい、絶頂きそうになっちゃう」

「いいですよ絶頂って。もっと、もっと朱音さんが絶頂くところを見せてください」

「み、見て……。私がと、知樹君で感じてる姿を見て♥　あっあっあっ、んっく、はぁああ……。いい。いい♥　気持ちいい♥」

　知樹の言葉に応えるように、朱音は腰をくねらせ始める。蜜壺全体を使って、肉茎をジュコジュコと扱いてくる。その動きは激しく、瑞々しい巨乳がたぷんったぷんっと上下に激しく揺れた。

「き、気持ちいい？　知樹君も気持ちいい？」

「いいですよ。すごくいい。とっても気持ちいいです。すぐに、すぐに射精ちゃいそうなくらい、いいですよ！」

　言葉には嘘も偽りもない。先ほど楓の直腸にたっぷり注いだばかりだというのに、本当にすぐにでも射精してしまいそうなくらいだった。

　肉襞で竿を擦り上げられるたび、快感が迸る。ビクビクと震えながら、肉茎は膨張していった。

「お、大きくなってるわ。わ、私の膣中《なか》で……おま×こでおちん×んが大きくなってる。んっくく、あっふ、大きい。本当にお、大きいわ。こっれ、射精そう？　射精そうなの？　ザーメン射精そうなの!?」

「はい。射精そうです。朱音さんの膣中に、たくさん射精ちゃいそうです。朱音さん！　朱音さん朱音さん朱音さんっ!!」

　射精衝動が抑えきれないほどに増幅する。膨張する肉悦に引き摺られるように、朱音の動きに合わせて知樹も腰を振った。

「あっく！　ふっひ、あっあっあっあっあっあーあーあーあー♥」

どじゅっどじゅっどじゅっと肉奥にペニスを穿つと、狂ったような嬌声が上がった。

それと同時に蜜壺がより収縮していく。肉襞が激しく屹立に食いついてきた。まるで肉棒を通して朱音の身体の中に自分が溶けていくような錯覚さえ覚える。

「射精ます！　朱音さんの、朱音さんの膣中に射精します!!」

本能が爆発した。

「あっぐ、すごっ！　はげ、はげっし、そっれ、おっく、奥まで届く。私の——奥までおちん×んがくる！　あっあっあっ、だ、射精して!!　私の膣中にザーメン。ザーメンたくさん射精してっ！」

破裂しそうなほどに膨れあがった亀頭で膣奥を蹂躙すると、これに応えるようにより淫らに朱音も腰をグラインドさせてきた。

膣奥まで貫くようにピストンするたびに、結合部からは愛液が飛び、肉壁が狭まる。

「も、もう絶頂きますよ！　射精します。朱音さんの膣中にたっぷりザーメン流しこみますね！」

「だ、射精して！　たくさん、あっふ、た、たくさんザーメンちょうだい♥　私の、わたっしの子宮を満たして♥」

「はいっ！　いきます！　絶頂きますっ!!」

最早限界だった。

射精衝動が赴くままに、肉棒を叩きつけて叩きつけて叩きつけて、叩きこみ――

「で、射精《で》るっ！」

膣奥に向けて射精を始める。ドクドクと屹立を震わせながら、牡汁を肉壺に流しこんでいった。

「あっ、ふっあ、き、きたっ♥　あっあっあっ、な、なっか――わ、私のお、おま×こにザーメンき、きたわぁ♥」

一瞬で膣中は白濁液で満たされる。その量は、子宮や膣道だけでは到底受け止めきれないほどであり、ドブシャアアッと結合部から溢れ出す。この白濁液により――

「すっごひ。こっれ、これ、すっごく熱くて、お、多い。あっく、これ、いっぱいになる。わ、私の膣中――ザーメンでいっぱいになってくぅ♥　絶頂くッ！　これ、絶頂っく♥　気持ちよすぎるのぉ。あっあっ、絶頂っちゃう♥　絶頂っちゃうのぉ♥」

ついに朱音は蕩けるような絶頂顔を晒して達した。爪が床に立てられる。腰が震え、背中が曲線を描く。肉壁がさらなる射精を求めるように収縮した。

「こっれ、い、いっぱい――わ、私のおま×こが、ざ、ザーメンでいっぱいになってる。あっふ、あっあっ……。絶対。こっれ、絶対できた……。わ、私……絶対受精したわ。あなたの……知樹君の赤ちゃん受精したのぉ♥」

うっとりと本当に嬉しそうに呟く。その姿がなんだかとても愛おしかった。射精しながら、よりペニスが硬くなっていく。

「次は……次はボクだ知樹！　もう、もう我慢できない。おかしくなりそうなんだ。ボクも、ボクも抱いて!!　ボクの膣中にもせーえきをくれ！」

けれども、朱音だけを抱くわけにはいかない。

「頼む……。もう、もうグチョグチョなんだ。ボクのま×こ……まん汁でこんなに濡れちゃってるんだ。お願いだ。頼むから……ボクの膣中にもち×ぽをくれ」

今にも泣き出しそうな表情で、自ら指で膣中を弄りながら犯されることを求めてくる。言葉通り、花弁は愛液でグショグショだった。分泌される女汁は白く濁った、糸を引くほど濃厚な本気汁。噎せ返るほどの発情臭が鼻腔に届いた。

「わかったよ。歩美も……歩美のこともたっぷり犯してあげるね」

ずっと好きだった幼なじみの卑猥すぎる姿。耐えられるはずがない。それに、彼女にも気持ちよくなってもらいたかった。

「あ、んはぁあああ……」

わずかに未練がましそうな表情を浮かべる朱音の膣中からペニスを引き抜き、今度は歩美の肉壺に怒張を挿入していく。

「あ、き、きたっ！　届く。おっく、ぼ、ボクのお、奥まで、奥まで届くぅ♥」

あっという間に肉先は膣奥まで辿り着いた。亀頭と子宮口がキスをする。

「あ、あはっ、あはぁあああ♥　か、感じる……。あっあっ、ボクのま×こにと、知樹を……はへーはへーはへー。知樹を感じるよ。あっあっ、き、気持ちいい。すごくいいよ。熱くて、硬い。こっれ、ボク——挿入れられただけで、い、絶頂っちゃいそうだよ」

心地よさそうに表情を歪める。半開きになった口からは唾液を零してさえいた。言葉通り絶頂しそうなほどの性感を覚えていることは間違いないだろう。

「まだだ、まだだよ。これじゃあ足りない。もっと、もっと気持ちよくしてあげる」

だが、これだけでは駄目なのだ。ただ感じさせるだけじゃない。絶頂の上に絶頂を重ねるような性感を覚えて欲しかった。

「ま、まだ？　な、何を？　な、にを、するつもりだ？」

「なにって——もちろん……こうするつもりだよ!!」

だから子宮口に亀頭を密着させた状態からさらに腰を突き出す。

「おっ、ふっほ！　おっおっ、こっれ、うっそ、ま、まさか——まっさかき、キミは。まさかっ!?」

瞳を見開きこちらを見つめてくる。訴えようとしていることはすぐに理解できた。

「そのまさかだよ。僕は——歩美の全部を犯す！　犯してあげる!!」

　ノックするように何度も子宮口を叩く。するとクパアッと内臓が口を開き、亀頭に絡みついてきた。

「む、ムリッ!!　そ、そっれはむ、無理だ。い、いくらなんでも、お、オカシイ。挿入らない。挿入るは、はずっが――おっおっおっ、な、ないっ！　そ、それ、そっれい、以上はだ、駄目だっ！　だっめだぁ」

「大丈夫。挿入るよ。ほら、挿入ってく。挿入ってくよ」

　歩美の言葉を聞き入れず、腰を突き出す。

「かっふ――おっ、ふほっ、あっふ、おっおっおっ、ひ、ひらっく。おっほ、こ、こっれ、これぇええ!!　ぼっくの、ボクのなっかに、穴が、穴があけられてっくみたいだぁ！　おっおっおっおっほぉおおお」

　肉槍で子宮口を押し開き――容赦なく子宮壁を叩いた。

「――ほひょっ!!　おっ、おっほ、おっおっほぉおおお……。き、きった、お、おくっ。ボクの――ぼっくの、し、しぎゅうの中にまっれ、ち×ぽきた。おっおっおっ、こっれ、おなっか、ボクのお腹い、いっぱひになりゅ。らっめ、おっ、で、出る――出るぅう」

　この瞬間、歩美の膀胱が開く。どぼっ、じょぼろろおっと黄金水を幼なじみは周囲に飛び散らせた。

「で、でってる。ほぉおお！　ぼ、ボク――おしっこ、おしっこもらひひゃってる。おっおっ、と、とまりゃない。おしっことまりゃないぃいい♥　こっれ、き、気持ちいい。お漏らしなのに、お漏らしなのに感じちゃう♥　おっおっおっ、むっり、無理りぃ♥　抑えられない、気持ちいいのおしゃえられなくて――ボク、ボクぅううっ！」

ビクンッビクンッと肢体が陸に打ち上げられた魚のように跳ねた。

「い、いっぐ――いぐっの、おっおっおっ、ぼ、ボク、ボクぅうう。子宮犯されて、お、おもらひしながら、いぎゅのっ、いぎゅっいぎゅっいぎゅううう♥」

そのまま歩美は達する。瞳が裏返りそうなほどのアヘ顔を晒しながら、何度も何度も肉体を痙攣させた。

「まだまだだよ歩美！」

肉棒に伝わってくる膣壁の震えを感じつつも、容赦なくピストンを開始する。

「あっく、う、うごっ！　おっおっ、うっご、うごいってる。おっふ、ほふっほふっほふぅうっ！　だっめ、おっおっ、い、いってる。ぼっぐ、ぼぐいってる。いってるからだんめぇ！　おかしくなる。いっま、今動かれたらおがじぐなっぢゃうからぁ」

「いいよ。おかしくなっていい。いや、おかしくなって！　ほら、ほらほらほらっ！」

何を言われようが止まるつもりなどさらさらなかった。乱暴なまでに膣中を蹂躙する。蜜壺がぐしゃぐしゃになるまで、肉棒でかき混ぜまくった。

「おっひ、こ、こっれ、うぞ。ぎ、ぎもっぢ、ぎもぢよしゅぎるぅ♥　いっぎゅ、ぼっぐ、ぼぐまだいぐっ！　いぐのぉ♥」

　肉先で何度も子宮壁を叩くと、すぐさま歩美は新たな絶頂に至る。が、それでも知樹は腰の動きを止めない。ひたすら腰をグラインドさせ、子宮内に肉棒の感触を刻みこんでいった。

「すっごひ♥　すごしゅぎるぅ♥♥♥　こっれ、こりぇ、きもひよしゅぎるのぉ♥　いっぐ、まだいっぐ、いぎながらいっぎゅ。いぐのが止まらないっ♥　とまりゃなひぃ♥　おっおっおっおっ、ほぉおおお」

　歩美は達して達して達して達して達する。絶頂の海の中で、壊れてしまった玩具のように肢体を痙攣させ続けた。

　じょぼっじょぼっじょろろろっと、時折思い出したかのように失禁を繰り返す。

「あっ、あーあーあー♥　らっめら、き、きもひよしゅぎる。ともひのち×ぽよしゅぎるのぉ♥　きもひよしゅぎて、おひっことみゃらない。お漏らし止められにゃいんだぁ。はじゅかしい、はじゅかしいのに——きもぢいい♥　きもひいいんらぁ♥」

　打ちつけられる腰によって尻を真っ赤に染めながら、ぼろぼろと歓喜の涙まで零しつつ、嬌声を響かせ続けた。

「らっひて、らひてぇ。しきゅー。ぼ、ぼきゅのしきゅーにしぇーえきらひてぇ♥

欲しい。欲しいんだぁ。お願い。お願い。お願いだから、たくしゃん。たくしゃん流しこんでぇ♥　ボクの子宮をち×ぽ汁で満たしてぇ」

乳房を激しく揺らしながら、ピストンに応えるように腰を振りつつ、射精を求めてくる。膣中に射精して、子宮を精液でいっぱいにして——と噎び泣いた。

「欲しい。キミのち×ぽ汁ほひぃ♥　キミの、知樹の……あ、赤ちゃん欲しい。は、孕ませ、はらましぇて……。ボクに、あっか……あかひゃんちょうらい。好きら！　あいひてりゅ。らから、らからキミの子供が欲しい♥」

ストレートに想いを向けられる。好きだという言葉が、心の奥深くにまで染みこんでくるのを感じた。

「あ、歩美っ！　歩美ぃいいいっ!!」

愛おしさが爆発する。

その想いに流されるがままに、より激しく腰を振り、より深く子宮奥にまでペニスを突きこみ、より強く子宮壁を肉槍で刺し貫いた。

「おっふ！　おっおっおっおっおほぉおおお!!　はっげじ、はげっしいぃ。き、きもっぢ、きもぢいぃ♥　いいよ、いいよともっきぃ！　もっろ、もっろもっろもっろきもひよくひてぇ♥　ち×ぽでボクをこわひてぇ♥」

「壊す！　壊すよ!!　歩美を壊す！　そして、孕ませる。僕の、僕の赤ちゃんを産ん

はっ
ジュポッ

でっ！　さあ、射精《だ》すよ！　射精すよぉっ!!」

　頭がどうにかなってしまいそうなほどに、射精衝動が膨れあがっていく。腰を振るたびに、熱い猛りが破裂しそうなほどに膨張していった。肉棒によって膣口が裂けそうなほどに拡張される。

「大きい。おっき、しょっれ、おおぎい。おおぎっぐで、ぼぐが、ぼぎゅがち×ぽの一部になってぐみだいだぁ♥　いいっ！　いいよっ！　きもぢいい♥　いいっ、いひぃいいいいいいい♥」

「射精《で》る！　射精るよ！　射精る射精る射精る射精る射精るっ!!」

「だひて！　だっひて、だくじゃん、だぐじゃんぼぐに、だじでぇええ♥」

　愛液でドロドロになった蜜壺に何度も打ちこむ。子宮壁を肉先で繰り返し叩いた。

「で、射精るっ!!」

　視界が明滅する。思考が、肉体が、快楽によって埋め尽くされていき――ついに肉先から大量の白濁液を直接子宮内に注ぎこんだ。

「――ふっひ!?　おっ、おっおっおっ――で、射精ってる。ぼ、ボク！　ボクのなっかに、熱いのが、と、知樹のせーえきがでってるぅ♥　おっおっおっ、す、すごっひ、これ、すごっ――しゅごすっぎる！　い、いっぱい、ぼっくの、し、しぎゅーが、しぎゅーがいっぱひになりゅうう♥」

凄まじいほどの大量射精。その量は尋常ではない。内側からボコリッと下腹部が膨れあがるほどだった。

「おっおっおほっ！　い、いっぱひ、ぼぐのお、おながが、おっぱひらぁ。や、やぶれりゅ。ぼきゅの――ぼぎゅのおながが、やぶれひゃいそうらよぉ。なのに、なっのにぃ。はおっ、おっほ、ふほぉおお――き、きも、きもぢいい。こっれ、いい、いいのぉ♥　いっぐ、ぼく、ぼっくぅ――いぎゅっ、いぎぃぎゅいぎゅいぎゅううっ♥」

白濁液の熱気が、歩美をより快楽の頂へと押し上げていく。

「ぎ、ぎもぢいい♥　ぼっぐ、ともひの、ともひのあがひゃん孕み、はっらみながら、いっぢゃうの♥　きもぢよくなっぢゃうのぉ♥」

凄まじい絶頂。まだこれだけでは足りないといわんばかりに、ヒダヒダが肉竿に取りつき、絞り上げてくる。肉壺にきつく、それでいて柔らかに絡みつかれた肉棒は、射精を終えて衰えるどころか、より硬く、熱くたぎっていった。

「もっとだ！　もっとだよ歩美ぃ!!　もっと、もっともっともっともっと気持ちよくなって！　もっと感じている姿を見せてっ!!」

休憩など必要ない。より歩美を感じさせたい――本能のままにピストンを再開する。

「ふっひ、ふひぃいいいい！　いってる、まっだ、まだいってるのにぃ♥　すっごい、これ、ずっごひぃいいい♥　ああ、よ、よずぎっる、ぎもぢよじゅぎるぅ♥　ばっか、ばかになりゅ、ぼぐ、ぎもぢよじゅぎで、ばがになっぢゃうう♥　いぎゅのっ、いぎゅっ、いぎゅっ、いぎゅううううう♥」

歩美の嬌声が、室内中に響き渡った。

＊

「ああ、そうよ。ああ、いいわ♥　射精して、もっと、もっと射精してぇ♥」

「ボク、ボクに挿入れて、ぼっくの、ボクの奥までち×ぽ突っこんでぇ♥」

「いい、いいよおにぃちゃん♥　気持ちいい！　おじりの感覚なくなっひゃうくらい、きもひいいのぉ」

三人と代わる代わる繋がり合う。

時には立ったまま抱き合いつつ、蜜壺を抉った。時には正常位で何度も膣奥を挿し貫き、白濁液をたっぷり流しこんでやった。時には三人を重ね合わせ、ピストンごとに違う穴を犯していった。

ひたすら、ひたすらひたすらひたすら、膣と、尻を犯し、牡汁を流しこんでいった。

「こんなっの、おおしゅっぎるわぁ♥　はへーはへーはへーはへぇえええ♥　わ、わだぢのながっを、じゃーめん、じゃーめんまみれにしゃれでぐぅ。こんらっに、こんらにだしゃれだら……孕んじゃう。何人もあがひゃんはらんじゃう♥」

「お、おなっか、ぼっくのお腹――たぷたぷ、せ、せーえきれ、たぷたぷぅ♥　ばいりゃない、も、もうこれ以上はいらな——ふひっ！　またぎだぁ♥　はいらなっひのに、もう無理なのに、まだ挿入るぅ♥　きっもちいい♥　またいっひゃうくりゃい、きもぢいいのぉ♥♥♥」

妊婦のように膨れあがった腹を責め立てるように、何度も何度も白濁液を流しこむ。

「かえでも……かえでも……おっおっほぉおおっ！　あ、赤ちゃん、くっふ……あかひゃんほ、欲しいの。ここに……かえれのここに……ぶ、ぶっかけへ……。おにぇがひ。かえでにっも……おっおっおおっ！　かえれにもあかひゃんちょうらっい!!」

母と姉が蜜壺を満たされ幸せな表情を浮かべている姿にうらやましさを覚えたのか、正常位で知樹とアナルで繋がり合いながら、楓は自分の秘所に手を伸ばすと、クパッと秘裂を左右に引っ張って膣口を大きく開いた。

「おねがひっ！　かえれも、かえれも妊娠したっいの。だ、だかっら、だから、だ、射精して！　ここに射精してぇっ!!」

「わかった。いくよ！　ぶっかける！　楓ちゃんも孕ませてあげるねっ!!」

ここまで求められたら応えないわけにはいかない。

腸奥まで突きこんでいたペニスを射精直前で引き抜き、肉先をぱっくり口を開いた膣口へと向け——牡汁を一気に撃ち放った。

「あっふ、き、きたっ！　あっ、熱いのが、熱いのがかえっで、かえでのお、おま×

こ、おま×こにきったのぉ♥　あっあっ、こっれ、染みる。なか、かえでの膣中にし、染みこんでくるの♥　こっれ、気持ちいい♥　あっあっ、ぶっかけられるだけで、すごくいいのぉ♥　いくっ、また、また絶頂くぅ!!」

　何度射精しても衰えない大量白濁液に肉襞が塗れる。ぽっかり開いた肉穴にドロドロと白濁液が垂れ流れていく様は、牡汁が楓の肉体を浸食していくようだった。

「もっと、ねえ、もっとちょうらいおにぃひゃん。かえでが、ちゃんと妊娠するまで、たくしゃん、たくしゃん射精してね♪」

　微笑む楓の表情は自分より年下の少女のものとは思えないくらいに淫靡だった。

「だ、駄目だ。か、楓だけを相手にしちゃ駄目だぁ。ボクも……ボクにももっとぉ」

「私も……私にももっとちょうだい……はぁーはぁーはぁー。まだ、まだ足りないの。もっと愛して。お願い……」

　楓だけでなく、歩美と朱音も強い想いを向けてくる。

　白濁液に塗れ、発情臭をプンプンと周囲に垂れ流す淫らすぎる肢体。

「もちろんだよ。まだまだ、まだまだみんなにたくさん射精してあげるからね」

　何回射精しても射精したりない。

　肉棒をさらに硬く、熱くたぎらせながら、知樹は三人の肉体を抱きしめた。

　肉欲の宴は続く――。

「あへ……あへへ……。やった、やったろ。ちゅいに……ちゅいに知樹をボクたちのもにょにしたじょぉ♥　しあわしぇ。ぼきゅとってもしあわしぇらぁ♥　こりぇ、およめしゃん。知樹のおよめしゃんになったってことれ、いいんらよな?」

「ちょ、ちょっと、しょれはらめなのぉ!」

「待ちなさい二人とも……。はぁはぁはぁ……。知樹君のお嫁さんはお母さんに決まってるでしょ……。んふぅ……」

「な、なんれかあしゃんが知樹のおよめしゃんになるんら!?」

「なんでって保護者として学生での結婚なんて認められないからよ。だから、私がもらってあげるわ」

「しょれはずるいの!　わたしゃない。おにいひゃんはわたしゃないんらからぁ!」

「ぼぼ、ボクだってか、かあしゃんにもかえれにもわたしゅつもりはないじょぉ！」

「なら……知樹君に決めてもらいましょう。私たちみんなを愛してくれるのは当然だけど……はぁはぁ……誰をお嫁さんにしてくれるかしら？」

「え？　あれ……ここでぼ、僕に出番？」

「さあ、決めて知樹君」

「知樹♥」

「おにぃちゃん♪」

「え、あ、えええええ～」

終章 独占 ずっとずっと一緒の家族

館にてひたすら三人と愛し合う生活を始めてから半年後——。

「おっぱい飲む知樹君？」

ニッコリと朱音が笑う。朱音はそれこそが当然のように一切衣服を身に着けていない。剝き出しの乳房は、以前よりも張りを増し、大きくなっていた。胸が大きくなった理由は、下腹部を見ればすぐにわかる。朱音の下腹は、まごう方なきボテ腹と化していた。

「いただきます」

「たくさん飲んでね」

館のリビングにて、正座する朱音に衣服を身に着けぬ全裸を晒しつつ膝枕をしてもらいながら、ドタプンッと口元に寄せられた乳首を咥える。

「あんっ……。はぁあああ……」

口唇で少し乳頭を挟みこんだだけで、すぐさま朱音は表情を蕩かせた。何度も何度も飽きることなく行ってきたセックスのせいで、すっかり肉体は敏感になってしまっている。

「こんなことじゃ赤ちゃんにも絶頂かされちゃいそうだね」

「い、言わないで……そんな恥ずかしいこと言っちゃイヤよ」

「でも、事実でしょ？　ほら、こうやって吸われると、朱音さん感じちゃうでしょ？」

愛しい女性に微笑みを向けつつ、頰を窄めて乳首を吸う。チュウチュウとわざと下品な音を立てて吸引した。

「あっく、あっあんっ……。あっあっ、そ、そんなお、音——た、立てちゃ駄目よ。は、恥ずかしい。んっく、それに、それに——か、感じたりなんかしない。しないから、あっく、普通に吸って」

「ふふ、今さら恥ずかしがる必要なんかないのに……。でも、そういうところ、可愛いです。だから、もっと可愛いところを見せてください」

「か、可愛いなんて……お、おばさんをからかっちゃだ——んんんん、っめよぉ」

乳首を甘噛みしつつ、舌先で転がすと、ビクッビクンッと肢体が震えた。明らかに朱音は快感を覚えている。それが嬉しい。だからもっと感じて欲しくて、口唇で乳首を刺激しつつ、手を伸ばして乳房を搾乳するように揉んだ。

こねくり回すように乳房を弄ぶ。グニュッグニュッと柔肉に指が食いこむ感触が心地いい。しかも妊娠しているためか、ただ柔らかいだけでなく、弾力性もあった。ゴム鞠を揉みしだくような感触に、なんだか夢中になってしまう。

「あっあっ、そ、そんなに揉んじゃ駄目よ。そんなにも、揉まれたら、感じちゃう。感じちゃうから……も、もう、お願い。止めて……あっあっ、胸だけで、私、胸だけですごく気持ちよくなっちゃうから止めてぇ」

「……な～んて言っても駄目なのママ。エッチなおにぃちゃんがそんなこと聞いてくれるはずないの。だってほら見て。おにぃちゃんのペニス——こんなに大きくなってるの」

「それに、母さんだって本当はもっと吸って欲しくて堪らないんだろ？　それにしても……相変わらず知樹のち×ぽは大きいな……。み、見てるだけで絶頂ってしまいそうなくらいだぞ」

乳房に対する愛撫によって興奮し、硬く屹立した肉棒に顔を寄せながら、やはり全裸の楓と歩美が妖艶に微笑む。

二人の下腹部も母同様、ぽっこりと膨らんでいた。二人とも間違いなく妊娠している。楓に至っては処女受胎だ。ちなみに『赤ちゃんに処女を奪ってもらうの♪』というのが密かな楽しみらしい。

「二人とも……見てないで気持ちよくしてよ」

姉妹の視線を感じるだけで、ペニスはより大きく硬くなっていく。脳髄を焦がすような熱気が下腹部からわき上がってくるのを感じた。チュパチュパと乳房を舐めしゃぶりながら、腰を振って愛撫を促す。

「本当におにぃちゃんはエッチなの」

「まったく……こんなに硬くして……赤ちゃんも呆れてるぞ。なぁ、そう思うだろ？」

なんてことをため息混じりに言いながら、歩美がボテ腹を肉竿に擦りつけてくる。大きく膨れあがった下腹部の温かな感触が肉棒に伝わってきた。ビクンッと思わずペニスが震えてしまう。

「腹を当てただけで感じすぎだ。キミは本当に変態だな」

なんてことを言いながらも、ぐいぐいと腹を押しつける行為を止めようとはしない。伝わってくる下腹部の張り詰めた感触に、ペニスは何度も跳ねるように反応し、すぐさま肉先からは先走り汁を分泌させ始めた。

「おにぃちゃんもうお汁をダラダラ垂れ流してるの。エッチすぎなの。でも……ふふ、そんなお兄ちゃんが大好き。キミもそう思うよね？　ほら、パパと挨拶するの！」

猛々しく屹立するペニスに、楓も膨れあがった腹を押しつけてくる。二人のボテ腹によって、ペニスが挟みこまれた。

「くううっ！」

姉妹の温かな体温が伝わってくる。まるで膣中に挿入しているのかと錯覚するくらい、肉悦を伴った心地いい感触がペニスに伝わってきた。腹に圧迫されるだけで、射精してしまいそうなくらいの性感を覚える。

「知樹君すごく気持ちよさそう。でも、私のおっぱい搾るのも忘れちゃイヤよ」

快楽を与えられたことで、一時搾乳は中断してしまっていた。そのことでさっきは「気持ちよくなっちゃうからイヤ」とか言っていたくせに、朱音は不満そうな表情を浮かべてプクッと頬を膨らます。その表情が可愛らしくて、思わずぷっと吹き出してしまった。

「何かおかしかった？」

「いえ、別に……。その、ごめんなさい朱音さん。はぁはぁ……た、たっぷりミルクを搾ってあげますね」

歩美たちのボテ扱きによって膨れあがる射精衝動を抑えつつ、乳頭を再び口唇で挟み、両手で乳房を搾りながら頬を窄めて吸引する。

「あっ、くふっ……あっあっ、んんんっ、あっあっ、それ、いいわ。す、すごく気持ちいい。んふっ、はぁあああ……。すごい、おっぱいが、ミルクが搾り取られていくみたい。んっく、はふあぁああ……」

少しチュルルッと吸引するだけで、朱音は表情を蕩かせた。とても気持ち良さそうな表情を浮かべる。その姿がなんだかとても綺麗で、もっと感じさせてあげたいと思えた。

乳首に舌を絡め、何度も転がしつつ、時には甘噛みし、吸引する。チュパチュパと下品な音を響かせながら、乳輪を唾液塗れにしていった。

「すごいの……ママのおっぱいしゃぶるたびに、ペニスが大きくなってくるの♪　どう、おにぃちゃん？　気持ちいい？　かえでのお腹――赤ちゃんがいるおなか気持ちいい？」

興奮に比例して大きくなっていく肉棒を、二人のボテ腹が左右から挟みこみ、圧迫しながら擦り上げてくる。ぱんぱんに張り詰めた下腹部に溢れ出す牡汁が絡みつき、グチュッグチュッと湿った音を響かせた。

「あっふ、んんんん。んっんんっ……はぁはぁ、すごいぞ。ただ、ただお腹で擦ってるだけなのに、なんだかすごく感じる。き、キミのち×ぽに触れていると思うだけで、ボクは……き、気持ちよくなる。あっあっあっ、好きだ♥　大好きだよ知樹♥　んちゅっ、ふちゅっ、れろっ、んちゅっ……ちゅるぅ」

腹扱きを続けながら、歩美はこちらの脇に口付けしてきたかと思うと、そのまま何度も何度も身体中にキスの雨を降らせてくる。チュウウウッと口唇で肌を吸われると、電流がスパークするような快感が脳髄で弾けた。

「かえでも……。かえでもおにぃちゃんの身体ペロペロするの。んちゅっ、れろっ、れろっれろっれろっれろっれろっれろぉお……。はふっ、あふぁああ……」

姉に刺激されたのか、楓も舌を蠢かせ、べろべろと身体を舐めてくる。舌を這わせるたびに、本当に美味しそうにくりくりとした瞳を細めた。

二人のそんな姿がなんだかとても卑猥に見え、より興奮が煽られる。自然、乳房をより強く吸引する自分がいた。

「ああ、だっめ、そんなにされたら、で、出ちゃう。おっぱいからミルク——出る。出ちゃうわ。あっあっあっ♥」

「だひてください。僕に……じゅるるるぅ……。はぁはぁ……僕に朱音さんのおっぱい飲ませてください」

乳房を両手で挟みこむように左右から圧迫する。乳房と乳房が触れ合い、潰れ合った。そのまま圧力をかけ続け、乳首同士を擦れ合わせると、知樹は左右両乳首を同時に咥え、これを啜った。

「ふひぁああっ！　そ、そんなのい、いけないいわっ！　左右同時なんて……き、気持ちよすぎる。これ、おかしくなる。感じすぎてお、おかひくなっちゃうわ。あっあっ、くるっ！　来ちゃうぅ♥」

激しく朱音が肢体を痙攣させる。ムチムチとした肉体が震える姿が興奮を誘った。

「はぁっはぁっはぁっ……ぼ、僕もです。僕も射精《で》ちゃいます」

興奮が射精衝動に変わっていく。チュウチュウと乳首吸引を行いながら、気がつけば知樹は自ら腰を前後に振っていた。

「ああ、動いてる。知樹のち×ぽがボクたちのお腹の間で動いてる。ふっく、これ、お腹をこ、擦られてるだけなのに、感じる――ぼ、ボクっ、ボク感じちゃってる。あっふ、あっっあっあぁああ」

グラインドに合わせてカウパー液が二人の下腹部を汁塗れにしていく。

「おにぃちゃんのお汁で、かえでたちのお腹……グチュグチュになってく。これ、すごくエッチなの。エッチで……なんか、気持ちよくなっちゃう。いい、いいのぉ」

知樹や朱音の昂ぶりに合わせるように、ボテ扱きを行う歩美たちの興奮も高まっていった。

「出る！　出るわっ!!　ミルク――ミルク出るっ！」

そしてついに朱音が限界を迎える。

「あっあっあっ、い、絶頂《イ》くッ！　私、い、絶頂くのっ!!　おっおっ、おっぱい出して、絶頂くッ！　絶頂くぅううっ!!」

絶頂と同時に母乳を乳首から撃ち放つ。口腔にミルクの甘い香りと、舌に染みこんでくるような甘美な味が広がった。

「くっ、うあっ、うぁあああ！　駄目だ。で、射精る！　射精るぅううっ!!」

舌が蕩けるような味に、視界が白く染まる。射精衝動が一気に抑えきれぬほどに膨れあがった。肉棒が激しく何度も脈動し――ドビュッドビュッドビュッと白濁液を撃ち放つ。

「あっ、で、射精たっ！　知樹の、知樹のせーえき射精た♥　これ、すっごい、すごくビクビク震えてる。あっあっあっ、熱い。こっれ、すごく熱い。熱いのぉ♥」

「おにぃちゃんのせーし、かかってる。かえでのお腹――赤ちゃんがいるお腹が、熱いお汁塗れになってく。あっあっあっ、いいの。これ、いい、いいのぉ♥　お腹に、お腹にかけられてるだけなのに――感じる。か、感じちゃって……も、もう、もうっ！」

ボテ腹が白濁に塗れた。

そして――

「い、いぐっ！　いぐいぐいぐいぐ、いっぐ♥　せーえき、せーえきぶっかけられただけで、ぼっくく、ボク絶頂く！　絶頂ぐぅうう♥」

「あっあっ、おさっえ、抑えられない。き、きもちひぃのおさえられにゃいのぉ♥　ああ、いきゅ、かえれ、かえれも、いきゅの。おねぇちゃんと一緒に、お腹せーし塗れにされて、絶頂くのっ！　絶頂くのぉ♥♥♥」

二人は同時絶頂に至る。母と同じく肢体を痙攣させながら、楓は膣口から愛液を飛び散らせ、ジョボロロロッと歩美は失禁しながら、愉悦に溺れた。

「あ、あはぁあああ……。す、好き、しゅきよ知樹君♥」

「あっふ、あはっあはぁああ……。大好き。おにぃちゃん愛してるのぉ♥」

「ずっと、ずっと一緒だぞ知樹♥　ずっと、ずっとずっとずぅうううっと♥」

そうして快感に打ち震えつつ、ストレートに三人は想いを伝えてくる。もう何度も聞いた言葉であるけれど、いつ聞いても胸が熱くなるほどの感動と喜びを覚えさせてくれる言葉だった。

「うん。ずっと、ずっと一緒だ……。大好き。みんなのこと……大好きだよ。他に何もいらない。みんながいればそれでいい。ずっとここで暮らしていこう」

大好きな少女や女性の言葉を受け入れながら、快楽の中に知樹の意識は沈んでいく。

＊

子供のような寝息を立てながら、知樹は眠る。

「可愛い寝顔だな」

「本当ね……」

「食べちゃいたいくらいなの」

あの日、三人の想いを受け入れて以来、両親にもきっぱり「朱音さんや歩美や楓ちゃんとずっと一緒に暮らしていきます！」と宣言し、自分たちとずっと一緒に生活してくれることを誓ってくれた少年の顔を揃ってボテ腹を晒す母娘が見つめる。

「大好きよ。愛してるわ。愛してる、愛してるの。好き、好きよ、知樹君」

「おにぃちゃん、おにぃちゃん♥」

「ふふ、もうずっと……ずっと離さない。ずっとず

とずっとずぅうううっと、一緒だぞ知樹♥」

三人は口元を歪め、笑いながら、眠る知樹を洗脳でもするかのように、ひたすらひたすら愛情を呟き続けた……。

えすかれ美少女文庫

ヤンデレ母娘《ははむすめ》に愛《あい》されすぎて！

著者／ほんじょう山羊（ほんじょう・やぎ）
挿絵／神無月ねむ（かんなづき・ねむ）
発行所／株式会社フランス書院
〒102-0072　東京都千代田区飯田橋 3-3-1
電話（営業）03-5226-5744
（編集）03-5226-5741
URL http://www.bishojobunko.jp

印刷／誠宏印刷
製本／宮田製本

ISBN978-4-8296-6250-2 C0193

美少女文庫
FRANCE SHOIN

◆◇◆ 好評発売中！◆◇◆